# Algo a mais

# Algo a mais

## ELINOR GLYN

**Tradução: Karine Ribeiro**

**Diretor-presidente:**
Jorge Yunes
**Gerente editorial:**
Luiza Del Monaco
**Editor:**
Ricardo Lelis, Gabriela Ghetti
**Assistente editorial:**
Júlia Tourinho
**Suporte editorial:**
Juliana Bojczuk, Letícia Ono
**Estagiária editorial:**
Emily Macedo
**Coordenadora de arte:**
Juliana Ida
**Assistentes de arte:**
Daniel Mascellani, Vitor Castrillo
**Designer:**
Valquíria Palma
**Gerente de marketing:**
Carolina Della Nina
**Analistas de marketing:**
Flávio Lima, Heila Lima

*It*

© Companhia Editora Nacional, 2022

Todos os direitos reservados. Nenhuma parte desta obra pode ser reproduzida ou transmitida por qualquer forma ou meio eletrônico, inclusive fotocópia, gravação ou sistema de armazenagem e recuperação de informação sem o prévio e expresso consentimento da editora.

1ª edição – São Paulo

**Preparação:**
Alba Milena
**Revisão:**
Lorraine Fortunato, Mareska Cruz
**Projeto de capa:**
Fernanda Melo
**Imagem de capa:**
CoffeeAndMilk

---

DADOS INTERNACIONAIS DE CATALOGAÇÃO NA
PUBLICAÇÃO (CIP) DE ACORDO COM ISBD

G568a   Glyn, Elinor
        Algo a mais / Elinor Glyn ; traduzido por Karine Ribeiro. -
        São Paulo, SP : Editora Nacional, 2022.
        184 p. ; 14cm x 21cm.

        Tradução de: It
        ISBN: 978-65-5881-100-8

        1. Literatura inglesa. 2. Romance. I. Ribeiro, Karine. II.
        Título. III. Série.

                                                CDD 823
2021-456                                        CDU 821.111-31

Elaborado por Odilio Hilario Moreira Junior - CRB-8/9949

Índice para catálogo sistemático:
1. Literatura inglesa: 23
2. Literatura inglesa: 821.111-31

**NACIONAL**

Rua Gomes de Carvalho, 1306 - 11º andar - Vila Olímpia
São Paulo - SP - 04547-005 - Brasil - Tel.: (11) 2799-7799
editoranacional.com.br – atendimento@grupoibep.com.br

# Prefácio

Publicado em 1927, *Algo a mais* incita o leitor a mergulhar de cabeça na história da literatura romântica. Por isso, adianto que a trama vai muito além das aventuras amorosas protagonizadas pela jovem Ava. Em nossas mãos, temos uma obra que surpreende com o *borogodó* escondido em suas entrelinhas.

Por muito tempo as mulheres não possuíam o direito de escolher quais obras leriam — eram as figuras masculinas, sejam pais ou maridos, que ditavam o que era aceitável que uma moça lesse. E, para efeito de curiosidade, vale dizer que as compras de livros românticos para mulheres eram feitas através de um catálogo, pois livrarias físicas vendiam "apenas literatura de verdade" (por favor, sintam meu revirar de olhos). É por isso que a leitura de *Algo a mais* representa, pelo menos em primeira instância, um lembrete às milhares de mulheres que lutaram para ler, escrever, contar e publicar suas próprias histórias — românticas e clichês, ou não.

A crítica social ao modelo elitista que comandava os anos dourados dos Estados Unidos também é um ponto que surpreende e transborda das páginas do romance escrito por Elinor Glyn. Na década de 1920, sobrenome e nascimento ditavam a posição social muito mais do que uma fortuna conquistada com inteligência e trabalho árduo. Tanto é que nas páginas desse romance conhecemos os dois lados de uma mesma moeda: dois jovens irmãos dotados de sobrenome e classe, mas sem um tostão no bolso, *versus* o empresário milionário que lutou para construir um império, mas graças à falta de sobrenome é visto como um bronco charlatão.

São esses três personagens — Ava, Larry e John, donos do poderoso "It" cunhado pela autora — que ditam o ritmo da história. A partir de seus vícios e preconceitos somos levados a refletir sobre privilégio, meritocracia, misoginia, xenofobia e infinitas problemáticas que, mesmo após quase cem anos da publicação desse romance, ainda o tornam dolorosamente real. Enfim, vivemos em uma sociedade que acredita no poder do dinheiro e o deixa precificar tudo, até mesmo o corpo e o amor de uma mulher.

Mas é claro que não só nas entrelinhas o sucesso desse romance foi cunhado! Outro ponto que a leitura de *Algo a mais* nos faz repensar é no quanto amamos um bom e velho romance de cão e gato. Desde 1927 já amávamos ler sobre homens e mulheres em um jogo de *pensar algo e dizer o completo oposto* — afinal, para que deixar o outro saber que estou apaixonado se posso esconder meus sentimentos com carrancas, manipulações e segredos? O romance entre Ava e John é repleto de orgulho, inseguranças, medos e jogos de poder. É uma história de amor que reflete os homens de cem anos atrás e como eles viam seus interesses amorosos como um objeto a ser conquistado (por isso, desculpe me adiantar, mas vai se preparando para passar raiva com o John e muitos dos personagens masculinos da obra). Entretanto, apesar desses pontos de reflexão, ressalto que esse é um romance sobre alma, desejo e o tipo de amor que não se compra. Ou seja, clichê da melhor qualidade!

Prepare-se para uma leitura que representa um contexto histórico no qual as mulheres lutavam por liberdade, poder e, principalmente, para serem vistas como mais do que uma conquista ou uma aventura sexual. Algo a mais é sobre magnetismo, mas também sobre amor-próprio. Então pense em Ava como uma das infinitas mulheres que lutaram pela construção de um presente no qual amamos nossos corpos, damos voz aos nossos desejos mais profundos e não aceitamos menos do que relacionamentos que arrepiam a pele tanto quanto acalentam o coração.

Bom mergulho nos anos 20!
Abraços,

**Paola Aleksandra**
LIVROS E FUXICOS

## Nota da edição

Em 1926, Monteiro Lobato, para expandir o mercado editorial e de olho no poder de compra das mulheres, criou a Biblioteca das Moças, uma coleção voltada ao público feminino.

Para apresentar a ideia da Biblioteca das Moças e como a coleção foi pensada e lançada, é preciso entender o contexto da sociedade à época. Desde 1910 com a Fundação do Partido Feminino e a luta pelo voto e pela emancipação feminina, as mulheres ganhavam outra perspectiva na sociedade. O que elas queriam comprar? O que elas gostariam de consumir? Quais suas vontades, anseios? O que buscavam?

Os contos de fadas ainda eram buscados por essa nova mulher? A resposta — que continua sendo a mesma até hoje — era sim! Mas contos de fadas diferentes, que levassem em conta essa mudança da visão feminina, que entendessem suas vontades, a busca pelo prazer, e não apenas pelo casamento como obrigação social.

A coleção Biblioteca das Moças foi publicada aqui no Brasil pela Companhia Editora Nacional — essa mesma que vos fala! — de 1926 até 1960. Na década de 1930 os números chegaram a 900 mil exemplares vendidos, e na década de 1940 passou a marca de 1 milhão, tendo seu auge na década de 1950, com venda de quase 3 milhões de exemplares. É livro a se perder de vista!

Foram 175 livros publicados, a grande maioria escrito por mulheres. Na coleção temos nomes como M. Delly, pseudônimo usado por Marie e seu irmão, Frederick. Ela escrevia e ele vendia os livros para as editoras. Falaremos mais sobre essa parceria nos próximos volumes da coleção. Na equipe de tradução da época tivemos nomes como Maria José Dupré, Lígia Junqueira e Jorge Amado.

Agora, às vesperas do centenário da Editora Nacional, fomos tomados pelo desejo de trazer de volta a coleção para o mercado. Como escolher o título para a coleção de modo que trouxesse a nostalgia das publicações antigas, mas ao mesmo tempo refletisse a mentalidade dos tempos atuais? Pensamos em Biblioteca das Minas — muito regional —, Biblioteca das Mulheres — muito adulto (quem quer ser tão adulto?) — e finalmente: por que mudar? Por que não manter o nome original, por que não juntar as gerações das moças de 20, 30, 40, 50, 60 e 80 do século XX com a mulher atual dos anos 20, agora do século XXI? Uma coleção com livros apenas escritos por mulheres e com todas as etapas editoriais feitas por mulheres e para mulheres com textos revisados e reestruturados na linguagem contemporânea.

A escolha dos livros para reedição foi o passo mais fácil. A coleção é muito rica em autoras e já na primeira reunião o nome de Elinor Glyn ganhou destaque, e foi um pulo até que a escolha do livro *It* fosse levantada e aprovada por todas.

Publicado originalmente em 1927 e no Brasil em 1934, a ideia de Elinor foi explicar e dar um termo para o magnetismo sexual, o charme, o borogodó, o quê a mais, irresistível, que algumas pessoas parecem ter. A própria Elinor era uma mulher que tinha o "It".

Nascida em Jersey, no Reino Unido, em 1864 e criada em meio à aristocracia inglesa desde os 8 anos de idade, viveu inúmeros romances, os quais usou de base para suas histórias, quando começou a escrevê-las em 1900.

Quanto seus livros ganharam o mundo, Elinor mudou-se para Hollywood e se tornou atriz, produtora e diretora, ganhando espaço e reconhecimento numa época em que nem o cinema tinha voz de fala, que dirá as mulheres.

Muito à frente de seu tempo, trouxe para os livros discussões tabus como aborto, drogas, adultério e liberdade sexual para as mulheres.

Seu grande sucesso *It* rendeu um filme homônimo no mesmo ano em que foi lançado. Devido ao sucesso da obra, Clara, a estrela do filme, recebeu o título então de "It Girl", a primeira de muitas que foram denominadas assim.

Considerada a precursora de obras eróticas, Elinor Glyn abriu espaço para que as mulheres de sua época — e da nossa — tomassem em suas mãos a escolha de escrever e falar sobre sexo sem o peso da culpa.

Mas, por ser uma publicação de 1927 e termos quase cem anos de mudanças de visão e papel da mulher na sociedade, alguns pontos têm que ser considerados.

O protagonista John Gaunt é um tanto quanto machista — e aqui estamos sendo até legais com ele, viu? Ele tem falas duvidosas e encara o relacionamento como um jogo de gato e rato que vai fazer com que vocês, leitoras, o xinguem bastante. Acreditem, nós também o xingamos muito! Mas todo ponto tem um contraponto e Ava Cleveland foi feita na medida para nos vingar. John é orgulhoso e se acha a última bolacha do pacote, mas Ava prova a todo momento que ele não pode se considerar assim, já que é ela quem é especial e quem merece todos os mimos do universo.

Em *Algo a mais*, vocês leitoras encontrarão puro suco de Elinor Glyn. Com esse romance, ela entregou tudo de sua carreira: um protagonista que busca a alma gêmea e a monogamia, apesar de poder ter a seus pés qualquer mulher; uma protagonista que sabe de seu poder sobre os homens, mas não o usa para sair da péssima situação econômica em que se encontra — moral acima de tudo!; personagens secundários com inúmeras camadas, como um patife irresistível, que tem todas as mulheres em suas mãos, sabe disso e as usa para alcançar seus objetivos; além de drogas ilícitas, aborto, atropelamentos, gatinhos mimados, amantes e mocinhas nem tão inocentes, que querem do mundo muito mais do que bons casamentos e a monotonia da monogamia.

Boa leitura e bem-vindas ao mundo de Elinor Glyn, onde a pergunta "Será que essa pessoa tem o 'It'?" vai ser comum toda vez que vocês conhecerem alguém.

**Luiza Del Monaco, Gabriela Ghetti, Alba Milena, Julia Braga e Emily Macedo**
EQUIPE EDITORIAL

# I

John Gaunt tinha vindo do nada. Suas mais antigas lembranças eram da imundície em Bowery com uma avó bêbada que tagarelava sobre os bons tempos do país e o esplendor de sua vida antes de perder tudo. O neto sempre sentiu que a queda tinha sido alta e por culpa dela, e quem ela fora, ou de onde viera, não o interessava. O que o *interessava* era ser mais forte que os outros garotos e capaz de bater com mais força. Aos dez anos, ele vendia jornais — e foi mudando de emprego, se educando, até que aos quarenta sua vida estava nos trilhos. Ele não havia apenas ficado rico, mas também tinha estudado e, como não era chegado às normais sociais, poucas pessoas sabiam disso.

Viajava com frequência para a Europa, usando guias impressos; usufruíra da sofisticação de Paris tanto quanto o dinheiro pudera pagar, mais pela experiência do que pela vontade. Quando jovem, conhecera mulheres — e o que significavam para os homens. Ele tinha aquele encanto sem nome, um estranho magnetismo que só pode ser chamado de "It", e os gatos, assim como as mulheres, sempre sabiam quando ele chegava.

John nunca havia se apaixonado — a mente dele era analítica demais para ser atraído por mentes rasas, e seu juízo controlado demais para ser dominado por emoções físicas.

Mas desde seus quinze anos, quando a esposa do dono do mercado da esquina da rua onde morava se jogou a seus pés, diante de seu um metro e oitenta de pura juventude e beleza, até seu aniversário de quarenta anos, mulheres de todos os tipos e classes haviam se apaixonado por ele.

— Deve ser o cheiro dele — uma mulher do bairro onde John morava na juventude disse a outra enquanto fofocavam —, porque quero cair mortinha da silva se ele tiver um pingo de beleza!

Nisso ela estava certa: ele não era bonito, mas *havia* um estranho magnetismo, que talvez fosse amplificado por sua absoluta indiferença. John só aceitava lidar com homens por conta dos negócios — ele detestava demais a maioria deles, achava-os frouxos e usava sua influência sobre eles para seu próprio proveito, considerando-os apenas como peões em seu jogo. Apesar desse desprezo, era absurdamente honesto, e sua extrema esperteza e o raciocínio afiado tinham como bússola a integridade, que considerava a melhor política. Acreditava na lei da causa e efeito — e principalmente na lei do retorno, mas não abria mão dos prazeres quando podia pagar por eles; porém, as consequências por essas indulgências não deviam interferir em assuntos de maior importância.

Escondia de seus contatos uma faceta de seu caráter e, caso alguém descobrisse, ficaria extremamente desconfortável. Ele amava doar dinheiro para instituições de cuidados com crianças. Havia um hospital para crianças com deficiência que ele ajudava, além de fazer doações enormes para outras instituições— e nem uma pessoa sequer ligada a elas, exceto os diretores, sabiam quem era o doador. Quando estava de certo humor, ele os visitava e, vestindo roupas velhas, distribuía presentes entre os pacientes; dava atenção especial a cada um deles, por isso era conhecido como "Papai Noel Pobretão". E quando ia embora, um cheque era deixado para qualquer que fosse o desejo de cada uma das crianças.

Não querer que as pessoas soubessem que estava fazendo o bem era chocante para os conhecidos. Os poucos que sabiam do segredo o achavam excêntrico. Mas a opinião dos outros não podia importar menos! E, aos quarenta, John se via em dúvida sobre suas conquistas. Ele disse ao seu gato, César: "Deve haver outra coisa que eu não conheço".

Havia.

\*

Sob o sol californiano, Ava Cleveland estava sentada com seu adorado irmão, Larry, no terraço do jardim da srta. Meriton, que dava vista para o Pacífico. Os dois tinham expressões tristes — Ava era a companhia preferida dos ricos, e Larry fazia parte do pacote.

Os dois eram aventureiros bem-nascidos — o que significava que viviam além de suas posses, contando com a caridade de um grupo de amigos que os tolerava e até os cortejava por conta de seu inegável charme. Estavam enfiados até o pescoço em problemas que ainda não haviam compartilhado um com o outro. O desespero de Ava tinha a forma de uma conta astronômica na modista Claribel, tendo o alfaiate Montagu Rosenbloom como cobrador. A cobrança havia adquirido o tom desagradável de ameaça nas últimas três correspondências.

Eles passavam o tempo jogando cartas na casa dos Meriton com os visitantes milionários, e Ava estava numa onda de azar durante toda sua estadia, ao ponto de agora nem ao menos saber como pagaria sua passagem de volta a Nova York, onde morava em um pequeno apartamento com Larry, no melhor prédio da Park Avenue. Eram quatro cômodos de madeira sem vista da rua, então eles pagavam pouco, e o gosto impecável de

Ava o transformara em um ninho de refinamento e descanso. No entanto, mantê-lo era um problema crescente.

Larry estava impossível nos últimos tempos. Ava suspeitava do que poderia ser —, mas não tinha certeza. Estava nervosa com a possibilidade imaginada, e ele pegava para si qualquer centavo da pequena renda conjunta deles. Não era uma tarefa fácil manter os requisitos necessários para a posição de "companhia dos muito ricos". E havia momentos em que o orgulho de Ava quase levava a melhor, e a alma dela — a parte que ainda não adormecera — se rebelava contra todas as mentiras e falsas aparências.

— Larry, o que você fez com nossos últimos trezentos dólares? Você não me contou.

Larry lançou um olhar traquinas com seus olhos verdes atraentes, e então o desviou.

— Ah! Sabe, são várias coisinhas que precisamos quando estamos visitando amigos.

Ele tinha um temperamento estranho e teimoso, e ela o adorava — Larry tinha apenas vinte e três anos e Ava, vinte e cinco — e sempre o protegera depois que o pai passou a curtir as festas da alta sociedade com o amigo Ward McAlister e deixou os filhos crescerem à própria sorte, sendo cuidados pela velha Mary, a babá irlandesa.

Larry era um canalha, mas Ava fazia vista grossa e sempre esperara encontrar para ele um casamento com uma herdeira que entendesse seu gênio e o apoiasse — como uma fênix deve ser apoiada! Ava chegou a quase se casar, mas havia Larry, e nenhum dos candidatos aceitara sustentar seu irmão.

Chegou a correspondência e com ela veio um novo golpe para ambos. Para Ava era a exigência vinda do próprio Rosenbloom para o pagamento dos dois mil dólares — e para Larry era um bilhete sujo com o nome dele escrito em letras irregulares. Sua expressão mudou enquanto Ava erguia o rosto para vê-lo, e ela então sentiu um cheiro estranho. Já o percebera antes, uma vez ou duas.

Ela olhou para o irmão, as narinas dilatadas. O que seria? Ópio? Olhou para o mar azul, nervosa, e então falou:

— A cobrança da Claribel andava vindo com um tom ameno, mas hoje aquele miserável do Rosenbloom escreveu e está insinuando que ele mesmo lidará com a questão se eu não pagar uma quantia considerável da dívida.

Crítico, Larry olhou para Ava, para o traje esporte fino de cor clara, os sapatos e meias imaculadas, a aparência cara imposta à simplicidade do conjunto.

— Irmãzinha, você tem tantas roupas, e considerando que estamos quebrados ao menos pelos próximos três meses, para que comprar mais roupas?

— Precisamos de roupas decentes, Larry, certamente você sabe disso!

— Depende do jogo que quer jogar. Em alguns, quanto menos vestir, melhor. Seu corpo é seu maior atributo, irmãzinha, aproveite, porque de rosto você sempre foi bem feia.

Ava suspirou irritada, e então amassou a conta.

— Você não imagina a ousadia com a qual já tive que lidar com Rosenbloom. Aquele porco sempre inventa alguma desculpa para entrar quando estou provando algum vestido. O tarado fica me olhando de cima a baixo, principalmente quando as costureiras estão fazendo as provas das roupas. Queria que alguém torcesse o pescoço dele!

— Você quer que eu torça, irmãzinha?

— Se estivéssemos em posição de mandar encomendar a surra, eu mesma a daria. — Ava encarou suas lindas mãos, tão delgadas e bem-feitas, com suas exóticas unhas pintadas de rosa. Elas mal sugeriam força suficiente para bater em uma borboleta, até que você notasse os músculos potentes.

De repente, ela se levantou da cadeira e foi até o irmão; tocou o cabelo dele e tornou a fungar...

— Larry, que cheiro estranho! Você está fumando cigarros de outra marca?

Um olhar furtivo passou pelos olhos dele.

— Sim.

Ava se inclinou e pegou a carta das mãos dele.

— Tem cheiro de ópio. Você mudou tanto desde que viemos para a Califórnia. O que você está aprontando, Larry? Eu fico preocupada.

— Estamos sempre preocupados, irmãzinha. As coisas não estão boas para nosso lado. Como pagaremos o aluguel? Como vamos nos sustentar até recebermos dinheiro? Não podemos ficar na casa dos Meriton para sempre.

Ava se sentou no braço da cadeira dele.

— Se você arranjasse algo para fazer...

— Fazer! Não fui feito para trabalhar. — A ideia o fez sorrir. — É tudo questão de sorte. O papai deveria ter se empenhado mais.

As sombras se estendiam no terraço, mas um raio baixo de luz do sol passava pelas árvores e alcançava a cabeça de Ava, iluminando-a, e seus olhos preocupados pareciam tão azuis quanto o céu.

— Estamos realmente em maus lençóis — disse ela, cansada. — Eu costumava ter a maior sorte no bridge, vencia sempre, e desde que começaram a jogar bacará minha sorte foi pelo ralo. Não sei como pagaremos pelas passagens de volta a Nova York.

Larry odiava encarar a situação de frente. Ele se sentiu um pouco satisfeito de poder reclamar da irmã. Dessa vez, não era apenas sua própria estupidez que estava em questão.

— Quanto você deve à Claribel?

— Dois mil dólares.

— Caramba! Por que você não se casa com um homem rico, irmãzinha? Você sempre se envolve com os homens errados. Precisa pensar mais em mim.

Ava retornou para sua antiga cadeira. Aquela era uma conversa que ela já ouvira antes, e cada vez a irritava mais.

— Sempre penso em você. Por que você mesmo não encontra uma noiva em vez de ficar correndo atrás da Constance? Clarence pode perceber, e o que acontece então?

Larry acendeu um cigarro preguiçosamente.

— Não corro atrás de Constance, irmãzinha. Você bem sabe que eu não corro atrás de mulher alguma. Não preciso disso. Elas correm atrás de mim. É Constance quem corre atrás. Ela diz que tem um interesse fraternal em mim.

— Larry, que mentira deslavada.

— Não estou mentindo! Eu não disse que o sentimento dela por mim é fraternal. Disse que ela *diz* que se sente fraternal. Há uma grande diferença.

Impaciente, Ava suspirou.

— Bem, você não deveria encorajá-la. Clarence te ajuda bastante. Há quanto tempo estamos envolvidos nesse meio social? Dois anos desde que papai morreu... No total, sete anos.

— Sim, você tem vinte e cinco, irmãzinha. Não é mais uma debutante. Deveria ter se casado quando era mais nova.

— E você tem vinte e três — Ava devolveu. — Você sequer tentou arrumar trabalho.

Larry fez anéis de fumaça — seu rosto distraído e atraente aparentemente despreocupado —, mas a mão tocou, um tanto inquieta, a carta perfumada enquanto ele retrucava:

— Não seja ridícula. Vou trabalhar no quê?

Ava balançou a cabeça devagar.

— Não sei.

Então Constance Meriton apareceu em uma das grandes janelas francesas da casa, e, quando Larry a viu, levantou-se para fugir. Ela não era quem Larry queria ver, mas sim outra pessoa. Ele saiu e não percebeu que, em vez de colocar a carta no bolso do casaco, a deixou cair entre a almofada e a cadeira.

— Até logo, irmãzinha — disse ele. — Te vejo mais tarde.

Larry desceu os degraus do jardim, seu chapéu cinza de feltro inclinado na cabeça, as mãos nos bolsos. E logo alcançou seu destino, um pequeno chalé não longe do portão, onde uma garota bonita e de aparência sapeca abriu a porta para ele e se atirou em seus braços. O cheiro do incenso pareceu penetrar-lhe os sentidos. Larry cambaleou um pouco e então, ainda segurando a garota, afundou no sofá.

Enquanto isso, Ava estava sentada, cobrindo o rosto com as mãos...

— Mas que mer... O que vamos fazer? — ela se perguntou em uma linguagem pouco educada.

## II

Constance Meriton saiu para o terraço e se juntou a ela, sentando-se na cadeira que Larry deixara vaga. Seus olhos cor de violeta, um tanto arregalados por conta de seus trinta e poucos anos, mantinham a saudade insatisfeita de quem anseia por romance. As melhores modistas haviam costurado suas roupas, e as melhores manicures feito as unhas de seus dedos não mais tão bonitos. O cabelo loiro parecia um pouco queimado do permanente e estava fino demais para parecer encorpado, mas o conjunto dava uma imagem adequada o suficiente de esposa-troféu que não desejava ter filhos, tão comum para os ricos herdeiros. Constance era uma boa criatura.

Não era culpa dela Clarence ser um marido tão sem graça ao ponto de ser necessário convocar uma série de jovens dispostos a preencher o vazio de suas necessidades. Mas nenhum deles ganhara tanto o coração de Constance quanto Larry Cleveland — e sem ao menos se esforçar!

Isso era parte do charme dele, de seu "It": a completa indiferença! Ele tolerava a bajulação dela — permitia que ela o amasse — e raramente dava qualquer esperançazinha em retorno! Mas quando dava... Ah! Valia a pena! Valeu uma extensão no convite para que os irmãos permanecessem em Villa Mimosa por quanto tempo quisessem. A vida tinha tantas alegrias para quem podia comprar quase tudo o que quisesse!

Ava não se mexera. Constance percebeu que ela estava abatida.

— Você parece triste, Ava.

Ava fechou os olhos.

— Estou.

— Sempre achei que você precisava de um marido, querida. Por que não se casou?

A irritação de Ava aumentou.

— Por duas vezes me apaixonei pelo homem errado e, bem quando um bom partido estava prestes a pedir minha mão, desistiu porque não gostava de Larry.

Ava perdeu a delicadeza nas palavras. Os sete anos dentro da sociedade haviam atenuado sua sensibilidade com o linguajar.

Inquieta, Constance se mexeu.

— A propósito, onde está Larry? Ele anda tão estranho esses dias.

— Sim, estou preocupada com ele. Eu o vi com uma garota chinesa indo à praia quando peguei o táxi para ir até a casa de Maud ontem.

Constance endireitou a postura. Uma pontada dolorida de ciúme tomou conta dela.

— Você percebeu? Ele está com uma expressão estranha nos olhos faz uma semana. Ele... está usando drogas, Ava? E que tipo de garota estava com ele?

Ava pensou.

— Uma garota chinesa. Talvez ela dê drogas a ele... Ah, Connie, estou tão preocupada!

Nervosa, Constance agarrou a almofada na cadeira, e a mão tocou a carta que Larry ali deixara. Ela a pegou e percebeu o cheiro estranho. Levou-a para perto do nariz e cheirou com cuidado. Em seguida conferiu o destinatário — "Larry Cleveland" — e o nome do bairro, escrito em uma letra feia. Constance não hesitou. Removeu o conteúdo de lá de dentro.

— Venha hoje às cinco, Lo-Lu — foi o que leu em voz alta para Ava, que havia feito um breve movimento de protesto quando viu a audácia da amiga. Em sua visão, era errado ler as cartas de outras pessoas, mas Constance não podia se importar menos.

— É óbvio que veio dela! Ava, você tem tanta influência sobre Larry... Nunca houve um irmão mais devotado à irmã. Você não pode fazer nada a respeito, querida?

Cansada, Ava suspirou.

— É que ele não tem nada com o que se ocupar, Con... Ah! Você não conseguiria um emprego para ele? Sabe que sempre me senti de certa forma como mãe dele. Fomos deixados sozinhos com Mary depois que mamãe morreu. Só temos um ao outro, e Larry sempre foi tão delicado, e papai tão duro com ele. Larry é tão querido.

Os olhos arregalados de Constance suavizaram.

— Claro que ele é um querido. — E então ela ficou pensativa. — E ele não vai perder tempo com uma garota qualquer se eu puder evitar. É meu dever afastá-lo dela.

Ava estava bastante consciente das ideias da amiga. A quantidade de mulheres que confessara a ela os sentimentos dedicados a seu lindo e imprudente irmão...!

— Se você conseguir encontrar algo para ele fazer... algo que não seja um trabalho de verdade, porque ele não conseguiria... Mas talvez algo de fachada.

Constance acendeu um fósforo e queimou a carta devagar.

— Compartilharei seu instinto materno por Larry, Ava. Deixe comigo. Tenho uma ideia que pode ser útil para vocês dois. Um dos solteiros mais ricos de Nova York virá ver Clarence esta tarde. Ele não faz parte do nosso grupo; na verdade, mal se mistura com ninguém. O nome dele é John Gaunt. Tem quarenta anos. Você se importa com a diferença de idade? Daria um bom casamento, Ava.

Instintivamente, Ava se encolheu. Era irritante para ela que Constance tentasse lhe arrumar um marido. Já era ruim o suficiente ouvir o mesmo do irmão.

— Não estou procurando um marido. Quando começar a procurar, você será a primeira a saber, Connie.

A sra. Meriton sorriu de maneira superior. Ela sabia que, se pudesse, Ava a xingaria.

— Que bobagem, querida. Tendo Larry para cuidar, é seu dever se casar e este é um candidato maravilhoso... e bastante interessante, porque ele nunca se interessa por mulher alguma. Ele fez fortuna vindo da pobreza absoluta. Veio do bairro Bowery.

Ava se mostrava desinteressada.

— E agora é o dono de várias empresas. Ele é muito esperto, é o que Clarence diz. John vai à Europa todo ano e traz pinturas e o que mais lhe cair nas mãos. Clarence diz que ele é muito educado, cheio de cultura. Ava, ele pode ser a metade da sua laranja! Não seja preconceituosa, querida!

Ava ficou emburrada.

— Pois detesto os amigos vulgares de Clarence. Eu os conheço! Eles nunca mudam, Constance! Vestem-se para chamar a atenção, indo para Londres comprar suas roupas e escolhendo nas lojas mais caras! E um, semana passada, bateu o cigarro na minha manteigueira!

Constance mal deu atenção. Seu modo casamenteira havia sido ligado.

— É verdade — ela concordou. — Mas este é bem diferente. Ele tem vinte milhões, pelo menos. E não estou falando de amantes, querida. Os Larrys do mundo devem ter amantes. O que estou te sugerindo é que pense nele como marido.

— Então você acha que maridos não precisam ser educados? — Ava ergueu uma sobrancelha preta e reta.

— Não, não muito. Você passa pelos primeiros meses do casamento como se fossem um sonho horrível, depois vai para a Europa, e se quiser o divórcio, quanto mais mal-educado for o marido, maior a pensão que conseguirá.

Ava franziu os lábios vermelhos.

— Sim, hoje em dia o foco é só esse: pensão.

— Mas eu não sobreviveria pelos primeiros meses com alguém sem educação. A falta de educação de uma pessoa pode ser pior do que um pecado. — Ava deu de ombros, enojada. — Carlton Hanway, que é realmente um de nós e não um *alpinista social*, faz um som de assovio quando respira, como se estive com falta de ar. Você já percebeu, Con? É por isso que nem penso nele como candidato.

Constance deu de ombros.

— Ah! Bem, que homem você conhece que é realmente agradável? A maioria deles joga bafo de bebida na gente, ou fumaça. E se têm dentes bons, são quase carecas ou comem demais ou fumam demais ou têm indigestão. Em geral, são todos nojentos. Se forem ricos e puderem manter seus caprichos, você ignora o resto.

O tom de Constance era lamentoso.

— Veja o Clarence — continuou ela —, ele é o marido perfeito, totalmente fiel a mim, querida. Ele nunca sequer olhou para outra mulher desde que nos casamos, há dez anos, mas não dá para dizer que ele seja bonito. E tem vários comportamentos nojentos, se quer saber.

Ava olhou para a amiga e então desviou o olhar. Não queria que ela visse o sorriso cínico que sentiu estar se mostrando em seus olhos. Ela sabia muito bem como Clarence era fiel! Não era a maneira como ele encarava a fidelidade um dos problemas diários de Ava? Ela esticou suas pernas delgadas na cadeira.

As pernas de Ava eram um poema, como um dos rapazes boêmios que cercavam Constance dissera: "Simplesmente um poema!". Elas eram tão retas e bonitas, com tornozelos que lembravam os de uma gazela. As meias finas dela, de Paris, permitiam ver a quase iridescente brancura da pele por baixo. Ela não se bronzeava, e se destacava entre as jovens debutantes de seu mundo como uma flor de gardênia entre dentes-de-leão.

— Você sempre me lembra daquela princesa do conto de fadas que Larry adora contar, "branca como neve, vermelha como sangue e preta como ébano".

A pele dela era branca como a neve. Seu cabelo era preto-azulado e não muito fino, começando na testa, e ela o usava penteado para trás, descendo em cachos. Os lábios dela eram avermelhados e voluptuosos, porém grandes demais para serem considerados bonitos. Seria feia, se não fosse pelos olhos. Jacintos orvalhosos em uma floresta de abetos pretos e ásperos. Eles diziam todo tipo de coisa para as pessoas, principalmente para os homens. E bem no fundo havia um orgulho e uma dignidade que apareciam nos momentos mais inesperados.

Ava cruzou os braços sobre a cabeça e suspirou, de uma maneira que era meio melancolia, meio mau humor.

— Me pergunto como vou terminar, Constance. Talvez como uma rainha! Rainha de metade do mundo, é claro, querida — adicionou ela, vendo o olhar incrédulo de Constance.

— E então governarei os homens e, sem pena, roubarei seus milhões.

— É melhor você se casar.

Ava riu sem humor.

— Eu sei, mas suponho que os homens que me atraem pensam que se casar comigo seria um risco; não sou flor que se cheire. Não suporto os rapazes que tentam me paquerar. Os dois homens dos quais gostei eram casados, e eu era amiga das esposas, como você bem sabe, então desisti. Não há esperanças para mim.

— Bobagem! — retrucou Constance. — Você é sim uma flor perfumada, Ava. Fora que hoje as moças sabem como se divertir e evitar problemas desagradáveis; e mesmo quando esses problemas surgem, têm meios de se livrar deles. Elas são espertas, e você também é.

Ava suspirou outra vez, ainda mais exaustivamente.

— Não, não sou. Sou burra. Não sou moderna. Não posso deixar que os homens me toquem, não posso "trocar carícias". Não consigo fazer as coisas que esperam que eu faça. De alguma forma, sou toda errada. Às vezes, Constance, sinto que seria melhor ir para uma ilha deserta.

Constance tamborilava o pé no chão, impaciente. Nunca entenderia Ava.

— Quando se é pobre — a voz grave da moça prosseguiu —, tudo bem ser uma boa pessoa, mas chata, ou então uma má pessoa, mas simpática. Mas é inútil ser uma fraude como eu: nem boa nem ruim, uma fraude.

— Mas você não é religiosa, certo?

Agora, a voz de Ava assumiu um vibrato alegre.

— Talvez eu seja. Em algum lugar, bem lá no fundo, talvez tenha uma certa adoração pela pureza. É bobagem, eu sei, mas não consigo me entregar sem amor; por isso, aceito me privar. Mas só por dinheiro e roupas, ou por uma vida fácil... Não consigo, Connie. Eu gritaria quando ele quisesse me beijar!

A sra. Meriton estava indignada.

— Que bobeira! Como você espera viver no mundo com tais ideias? É melhor virar freira!

— Não, porque tenho certeza de que o homem certo está por aí em algum lugar e, se eu me tornasse freira, teria que desistir dele para sempre. — Então, devagar, enquanto estendia o braço em direção ao pôr do sol, Ava disse: — Mas talvez tenha que acabar desistindo e então me torne aquela rainha que comentei!

Naquele momento, serviçais saídos da entrada lateral, que levava aos aposentos deles, traziam drinks em uma bandeja. À distância, através das janelas, Clarence Meriton podia ser visto com um homem alto.

— Bem, recomponha-se, querida, e seja agradável. Aí vêm Clarence e John Gaunt!

## III

Ava ergueu a cabeça, indiferente, enquanto os homens se aproximavam; Clarence Meriton era muito mais baixo que o outro.

— Aqui estamos, querida — disse ele, beijando a esposa, cheio de língua, o que sempre fazia Ava estremecer.

O subconsciente dela se acostumara a dizer toda vez que ela o via ou ouvia fazer aquilo: "Homens são monstros". Ela pensou o mesmo, como sempre, e em seguida observou John Gaunt. Não gostou do cabelo escuro dele ficando grisalho perto das orelhas — era tão grosso quanto o dela, mas um pouco mais cacheado. Algo sobre seu semblante rústico a atingiu de uma só vez. Despertou ressentimento, porque a arrepiou inteira. Os olhos dela, em geral desafiadoramente azuis, encontraram os verdes dele. Ela estava perfeitamente consciente de que aquela criatura tinha o "It", e se sentiu desconfortável.

Ao lado de Clarence, John Gaunt observou Ava nos mínimos detalhes. Frio e calculista, a analisou, dissecou, despiu. Ele ainda não havia conhecido muitas mulheres da alta sociedade. Gostou da aparência de refinamento dela. Gostou da estranheza de sua cabeça grande. Gostou do orgulho destemido que brilhava em seus olhos azuis. John estava consciente do magnetismo sexual de Ava. Ele instantaneamente sentiu que queria beijar aqueles lábios carnudos e que, quando o momento chegasse, certamente a esmagaria nos braços até que ela não pudesse respirar! E determinou, naquele instante, que o momento chegaria, mesmo que levasse anos.

Ele fez uma promessa: aquela mulher, membro de uma das famílias mais tradicionais de Nova York, pertenceria a ele — bronco milionário — em fossem lá quais condições e circunstâncias necessárias. Os alegres olhos verdes dele se estreitaram, e seus lábios esculpidos se crisparam como uma ratoeira.

Ava conhecia do mundo para entender o que passava. Sabia e sentia que John a analisava. Teve a percepção enlouquecedora de que ele *era* sua "metade da laranja" — e que era muito interessante e possivelmente a dominaria. Porém, não deu seguimento à linha do último pensamento. Sua alma rebelde se revoltou — a resistência emanava dela —, e Ava desviou seu rosto insolente e cheio de desdém quando Constance, que cumprimentava eufórica o convidado, mostrou sinais de que iria apresentá-lo.

Mas Clarence Meriton se aproximou primeiro.

— Olá, Ava — disse alegremente.

— Olá, Clarence!

— Venha, Gaunt. Temos que apresentá-lo à srta. Cleveland. Ava, este é o sr. John Gaunt.

O milionário se aproximou, estendendo a mão.

Ava estendeu a mão como se não tivesse intenção de ser gentil e só estivesse sendo educada porque John estendera antes sua mão e ela não podia esnobá-lo tão obviamente. Nada disso passou despercebido pelo sr. Gaunt, e ele percebeu a intenção de quando ela, graciosamente, indicou que ele deveria se sentar na cadeira vaga ao lado de Ava.

Clarence trouxe um drink e, embora Ava não tivesse intenção de tomar um, o pegou assim mesmo e começou a bebericar, esperando que John Gaunt falasse.

— Esta é a sua primeira visita à Costa do Pacífico, srta. Cleveland? — ele perguntou depois de um silêncio constrangedor.

— Não... Passei o verão passado em Burlingame.

— O Norte não conta. São Francisco, onde acabei de estabelecer um braço dos meus negócios, tem um clima tão inconstante quanto a Costa Leste, mas aqui parece que estamos em outro mundo.

Embora desinteressada, Ava balançou a cabeça.

— É verdade o ditado cínico que o Sul da Califórnia é uma terra onde as frutas não têm gosto, as flores não têm perfume, e as mulheres não têm virtude?

— É melhor você descobrir por conta própria... Não tem graça esperar que alguém te explique.

— Tenho certeza de que nada que você diria seria sem graça.

Ava se reclinou na cadeira e, com satisfação, tomou a última gota do drink, um bronx, feito por Clarence.

— Talvez eu não devesse... Quem sabe? Mas é chato eu te contar em vez de você descobrir.

John Gaunt se inclinou à frente. Ele estava ficando realmente interessado, mas naquele momento, do jardim abaixo, um grupo de quatro pessoas barulhentas subiu no terraço, guiados por Bolivia Bromworth, uma viúva rica, gorda, bem-preservada.

Ela acenou com uma raquete de tênis.

— Tenho certeza de que perdi um quilo — anunciou alegremente, achando que a notícia seria interessante.

— Mais de um, querida Bolly! — Herbet Bishot, seu jovem acompanhante disse, admirado. — E você jogou como um pássaro.

— Quietinho, Herb. Me sirva um drink.

Constance, sempre educada, agora apresentava John Gaunt, que se levantara com a chegada do grupo.

A sra. Bromworth o olhou com aprovação — assim como Gracie Davenport, a jovem herdeira de dezoito anos, que era especialista em homens.

Mesmo o velho Conklin Randolph, da família mais aristocrática dos Estados Unidos ao qual todos ouviam, pensou: "Nada mal para vinte milhões".

A viúva segurou sua minissaia e estendeu um braço gorducho e muito curto, indicando que John Gaunt deveria se sentar ao lado dela. Ela havia se recostado em uma poltrona. Mas John não tinha intenção de ficar longe de Ava por muito tempo.

No entanto, Gracie Davenport agora dizia em um guincho apavonado:

— Ninguém se lembra de mim... Seja gentil e pegue um drink para mim, sr. Gaunt.

Então foi até ele e o conduziu à mesa de bebidas.

Clarence se sentou ao lado de Ava, que continuava quieta.

— Ava... Você vai deixar Gracie capturar o milionário?

— Claro, se ela quiser.

Clarence se inclinou, seus olhos grandes cheios de devoção.

— Eu o trouxe de propósito, Ava, o que é muito gentil de minha parte considerando, como você bem sabe, que eu te quero para mim.

A expressão de Ava se tornou ameaçadora e ressentida.

— Estou cansada de seus avanços, Clarence. Por que não me deixa em paz? E, mesmo que eu correspondesse, o que você faria?

— Então você não precisaria se casar com um milionário.

Ava franziu os lábios.

— Mas não vou me casar com um milionário.

Clarence sorriu complacentemente.

— Então estou perto do meu objetivo. Você não pode me dispensar para sempre. Amo sua pele.

Agora, um brilho destemido tomou conta dos olhos de Ava.

— Tenho nojo de vocês, homens casados. Só ligam para pele... pele! Vocês não sabem o que é o amor, e eu sou amiga de Constance, como você bem sabe, e mesmo assim segue com seus avanços. E se Constance fizesse o mesmo, o que você faria?

Clarence riu. Era ridículo demais! A esposa era fiel — todo mundo sabia!

— Constance não pensa em ninguém além de mim.

A expressão de Ava era tão inocente quanto a de uma criança.

— É claro que ela é fiel, Clarence, mas e se não fosse? É sua indiscrição que quero destacar.

— Não sou indiscreto. Te desejo e espero tê-la um dia, mas, nesse meio tempo, permito que John Gaunt tenha um gostinho.

— Jura? Que gentileza a sua! Você contou a ele que vivo às custas de meus amigos ricos, como se fosse uma decoração nas festas deles?

— Não, querida! Eu disse que você era a mais fina aristocrata do Sul e de toda Nova York, e que era a escolha certa para quem tem ambições sociais. Esses cães vira-latas que subiram na vida gostam de tradição.

John Gaunt agora estava sendo encurralado por Gracie, que se aproximava de forma indecente enquanto colocava uma rosa, que havia colhido de um arbusto, no casaco dele.

Ava olhou para ele; uma emoção, da qual se ressentiu, passou por ela, mas a justiça a fez dizer:

— O sr. Gaunt não parece um vira-lata. Mal dá para notar que ele é um de seus amigos vulgares, exceto pelas unhas, que são muito bem-feitas.

Clarence riu.

— Meus amigos vulgares!

— Seus parceiros de negócios, então. Mas ouso dizer que somos tão comuns quanto eles, e fazemos coisas piores, mas por nossa posição social temos esse privilégio.

Constance estava ficando ansiosa enquanto tentava adivinhar onde Larry estava. Ele estivera por ali na hora dos drinks, mas aquela carta...

Ela então perguntou a Conklin Randolph:

— O Larry passou pela quadra de tênis, Conklin? Pra que lado ele foi?

— Não percebi, Constance. Estava ocupado servindo de gandula para a Bromworth.

Conklin Randolph estava sempre às voltas com as mulheres. Ele ouvia suas confidências, as repreendia e dava conselhos. Ele nunca fora gentil como Herb ou as centenas como ele — prontos para dar suporte e aguentar qualquer capricho feminino! Conklin tinha sido amado e *obedecido*, nos velhos tempo. Ele sabia que sua anfitriã tinha um fraco por Larry Cleveland, e sabia também que ele não era flor que se cheirasse.

— O patife tem o "It" — ele costumava falar sozinho, usando a definição para o charme. — E, se eu tivesse uma esposa, a manteria longe dele.

Mas agora ele deixou Constance arrastá-lo em direção ao jardim na esperança vã de ver Larry voltar — e John Gaunt saiu de perto de Gracie e interrompeu a conversa de Clarence e Ava.

O anfitrião se levantou e vagou sua cadeira, enquanto dizia:

— A srta. Cleveland pode te falar sobre os melhores lugares daqui, Gaunt. Já está conosco há mais de um mês.

Ava ergueu o olhar preguiçosamente e desejou enfiar a cabeça em um buraco.

— Não esqueça o canudo, Clarence.

— Tudo bem, querida!

John Gaunt olhou para ela, seu comportamento estranhamente submisso. Ele nunca tinha sido submisso na vida, mas tinha uma felicidade mórbida ao fingir:

— O que vocês fazem durante o dia?

— O de sempre, suponho.

— É isso o que quero saber. O que é o de sempre?

Ava bocejou e começou bebericar o drink pelo canudo que Clarence havia entregado a ela.

— Nadamos na piscina de manhã e tentamos nos bronzear... — Ela colocou o canudo de volta ao copo.

John Gaunt olhou, com admiração, para o pescoço e as mãos dela.

— Você não conseguiu, ao que parece. Nunca vi uma pele tão branca.

Ava riu, um eco cínico em seus tons suaves — de novo a pele era o assunto!

— Não. Por sorte para mim, já que é o que tenho de melhor. É minha moeda de troca, como você deve dizer no mundo dos negócios.

Os olhos de John estavam expressivos.

— Nos negócios, moeda significa que você pode vender, se quer saber.

Ousadamente, Ava encontrou o olhar dele com um desafio desdenhoso. Ele era sutil, aquele bronco milionário!

— Então, é isso. Mas eu estava te contando sobre nossos dias emocionantes. Depois da piscina, jogamos tênis, e então almoçamos e jogamos bridge por um tempo, depois vamos ao country clube para jogar golfe, então tomamos drinks, depois jogamos bridge de novo, e então nos vestimos e jantamos e, se não saímos para dançar, jogamos bacará.

— Que interessante.

— É, não é? Uma trabalheira, quase tão cansativo quanto gerir uma empresa, suponho.

John deu de ombros suavemente.

— Você lê livros? — perguntou.

— Sim, o suficiente para falar dos lançamentos se alguém vier de São Francisco. Nós lemos o começo dos capítulos ou espiamos as resenhas; isso é o suficiente para ser capaz de dar uma opinião sobre eles. Ninguém lê livros inteiros.

John sorriu. Ela era deliciosa!

— Uma pena que vou embora amanhã. Eu ia adorar que você me ensinasse a relaxar.

Ava congelou outra vez. Era preciso colocá-lo no lugar!

— Não sou professora. Além disso, dá trabalho. É uma luta para não morrer de tédio, e fora que não vale muito a pena!

Do outro lado do terraço, Conklin Randolph, que levara Constance de volta aos convidados, estava entretendo Clarence e a sra. Bromworth. Gracie estava assoprando o cabelo de Herb usando um canudo que encontrara no chão. Sozinha, Constance se pendurou na balaustrada, esperando por Larry.

— Sabem que sei das coisas — a voz refinada e muito inglesa de Conklin soou. — Mas é a primeira vez que o encontro. — E então ele prosseguiu para contar a eles sobre as diferentes doações de John Gaunt para o Hospital de Bem-Estar Infantil, e seu excêntrico desejo de que ninguém soubesse nada a respeito.

— Gosto do seu milionário, Clarence — a sra. Bromworth disse. — Tenho certeza de que ele tem o "It". Ele passa aquela sensação forte de que pode pagar todas as suas contas, cozinhar, manter uma mulher quente à noite e não perder tempo com bobagens! Um homem ousado!

Herb se aproximou, ficando irritado demais com o canudo de Gracie para aguentá-lo, mesmo com sua natureza doce.

— Mas ele não saberia como aproveitar sua companhia, Bolly, querida. Você ficaria perdida sem seu Herb!

— Meu amado Herb! — a viúva disse afetuosamente. — Eu sempre o chamo de sr. Randolph! Ele é tão romântico.

Foi então que Constance foi recompensada ao ver Larry vindo pelo jardim, à distância. Ele ficara apenas por um curto período com Lo-Lu, e voltava agora com uma expressão de cordeiro inocente em seus olhos talvez cansados demais.

— Ah, Larry, sentimos sua falta! — exclamou a sra. Bromworth. — Para onde você fugiu?

Larry agora alcançara o grupo e se jogara sobre uma pilha de almofadas ao lado da viúva. Ele a olhou com uma devoção hesitante, sobressaindo à sua natural indiferença.

— Eu não desapareço. Você me afasta quando prefere Herb a mim.

A sra. Bromworth se conteve.

— Bobagem. Herb está aqui porque eu quero... não é, Herb? E está sempre à disposição! Já você é um mistério.

Constance, que se sentara na extremidade da mesa, fechou a mão em punho; ela não gostava que chamassem a atenção de Larry por sua ausência, mas queria saber o que ele diria para Bolivia Bromworth.

Ele se espreguiçou, indiferente.

— Hum... Não sou confiável, Bolly, não aposte em mim.

— Você tem o "It", querido, e é só isso — a viúva riu —, e então o perdoamos por tudo. Herb tem duas vezes mais caráter, mas você é irresistível, então largamos Herb de lado.

Herb quase choramingou.

— Ah, me aguarde, Bolivia!

Larry riu preguiçosamente e sussurrou nas orelhas adornadas por brincos, com os cachos acima dela...

— Mas Herb não daria um amante como eu... anjo!

A sra. Bromworth sentiu uma onda de excitação — conforme diria mais tarde, ao se confidenciar com Ava —, embora tenha exclamado para Larry naquele momento:

— Mas seria um péssimo marido!

Larry tornou a se recostar nas almofadas.

— Sim, mas viúvas ricas não devem se casar; está fora de moda. Devem, em vez disso, colecionar amantes, presenteá-los, e ter todas as suas vontades atendidas, mesmo sem compromisso algum!

Constance não podia aguentar mais aquilo. Virou-se para Conklin Randolph e o marido.

— A sra. Bromworth está passando vergonha ao se insinuar para Larry, Clarence. Deve achar que por causa de seus oito milhões pode sair agarrando todos os jovens.

Clarence riu, da maneira complacente e condescendente que sempre usava com a esposa.

— Mas ela pode. Qual é a função do dinheiro senão para comprar o que quiser? E todas as mulheres querem um amante! A pobre e velha Bolly só está expressando sua sexualidade, sem contar que Larry e Ava têm o estranho "It". Somos atraídos para eles como mariposas para a luz!

Ao ouvir as últimas palavras, Grace Davenport se juntou a eles.

— Acho que o sr. Gaunt também tem o "It", Clarence. Dá a impressão que não aceitaria um não como resposta. Não é como estar com Herb, que, independentemente do que faça, estaria tão segura quanto se estivesse em uma igreja!

— Bem, Grace, ele é o solteiro mais rico de Nova York — Clarence informou. — Vá em frente.

Mas a srta. Davenport riu, superior.

— Não estou em busca de casamento — disse ela. — Quero experiência. Para que servem os milhões do meu avô se eu não puder aproveitar mais que as outras garotas?

Rapazes não fazem nada, e homens casados têm esposas para complicar as coisas, mas homens como o sr. Gaunt! Caramba, ele pode ensinar muito!

— Somos abençoados, Clarence! — Constance disse, sarcástica. — Três "Its" sob nosso teto!

Enquanto isso, Ava e John estavam no meio de um papo interessante. O milionário a testava, trocando os assuntos da conversa, se divertindo com a hostilidade da moça. Havia arrancado dela várias opiniões, mas Ava se defendia bem, ele admitia, e a completa apatia dela o agradava. John tivera a chance de apreciar as linhas perfeitas da figura muito magra dela, que mesmo assim sugeriam sensualidade. Admirou as mãos chocantemente brancas, as unhas bem-feitas dela. Era levado unicamente pelo desejo sexual, mas algo que ela fez mudou sua visão.

Ali perto, um passarinho se prendera na tela a qual cobria o pessegueiro que crescia contra a parede do terraço. Ava viu e se levantou, deixando uma de suas réplicas pela metade. Uma expressão de doçura tocou o olhar dela, que soltou o pássaro com ternura gentil.

— Ah! Pobrezinho — disse involuntariamente.

De repente, a mente de John Gaunt foi levada ao hospital infantil, e ele viu Ava com olhar renovado.

— Está livre, agora! — ela exclamou enquanto o pássaro voava, e um rápido suspiro de alívio escapou dela.

— Acha que o céu representa a liberdade? — John perguntou.

Ava se virou para ele.

— Não o céu em si. Com a poluição, não. Mas a habilidade de voar por ele sem obstáculos e aprender usando suas próprias habilidades, isso sim é liberdade!

— É de se imaginar que você teve liberdade completa.

Ela o olhou com desdém.

— Isso mostra que você não é tão esperto quanto a sra. Meriton disse, ou saberia que qualquer um que não pode falar o que pensa, que não pode ir aonde quer, que não pode viver a vida que deseja, ou que seja obrigado falar com pessoas chatas, não tem liberdade.

John Gaunt olhou bem nos olhos dela.

— Mas você não me acha chato. Está apenas irritada.

Ava lançou a ele um olhar severo, mas John prosseguiu:

— Você não tem senso de valores.

O ressentimento borbulhou na moça. Ava tinha classe, o que ela considerava estar acima do criticismo dele!

— Não tenho?

— Não. Que valor tem a sua vida?

— Não tenho obrigação de explicar a você, sr. Gaunt! — E ela se virou, pegando desafiadoramente um drink de uma bandeja que estava em uma mesa próxima.

John Gaunt sorriu em silêncio, o que a irritou tanto que Ava poderia ter derramado o drink na cabeça dele.

Por sorte, Clarence se aproximou bem na hora, sentindo a tensão no ar.

— Você vai descobrir que a srta. Cleveland pode falar sobre qualquer assunto, Gaunt. Não arrume briga com ela — disse naquele tom que só quem tomou o terceiro drink possui, e então vem o quarto, que revela o verdadeiro caráter.

Ava se afastou, entrando na casa, se empenhando para mostrar uma indiferença serena. Ela havia engolido o dry martini e pousado a taça na mesa.

— Tolinha — John disse para Clarence. — Não entende que beber desse jeito vai acabar com sua única moeda: a carne redonda e firme de seu corpo. Não tem nenhum tino para negócios.

O rosto enfadonho de Clarence sorriu como o de um sátiro.

— Nossa! Ensiná-la será uma tarefa interessante e divertida, hein! — Então ele ouviu Constance chamando-o, e foi em direção à casa murmurando: — Com licença.

Deixado sozinho, John Gaunt sorriu. Ele quase nunca ria. Concordava com o pensamento de que rir era destinado às classes baixas. As classes baixas "de intelecto", ele teria acrescentado, porque não dava valor às classes, mas apenas às mentes e o que podiam alcançar. Para ele, a aristocracia significava homens que eram mestres de si mesmos, e que haviam aprendido seu valor. Sempre havia pensado sobre a alta sociedade com supremo desprezo, a não ser que membros individuais o surpreendessem. Mas John era conhecedor o bastante do instinto hereditário para não menosprezar o charme das boas maneiras e o senso de adequação que possuíam.

Ele mesmo tinha um forte senso de adequação e, em seu pensamento, o devia ao bom sangue que talvez tivesse herdado de sua avó — mas também pensava que podia ser adquirido, caso seus princípios fossem entendidos. Só que, como tinha muito mais o que fazer, estava satisfeito por tê-lo naturalmente, de forma que não precisava gastar tempo com o assunto. John tolerava Clarence Meriton cinicamente, mas respeitava o valente engraxate na esquina da rua onde ficava sua instituição favorita de caridade para crianças. Constance Meriton e suas centenas de protótipos não eram nada para John. Sentia que eram apenas moças com vidas privilegiadas, assim como seus valores, mas não eram adequadas ou comparáveis aos homens.

Quando estava se vestindo para o jantar, John disse para seu funcionário, Chang:

— Antes de irmos, quero que descubra cada detalhe da posição da srta. Cleveland.

Sério, Chang assentiu enquanto entregava o casaco ao seu senhor.

— E, Chang, mande um telegrama para a sra. Mellon, para que tire da suíte extra todas aquelas caixas e tranqueiras. Vou redecorá-la. Pode ser que eu precise dela.

## IV

A sra. Meriton, é claro, colocou Ava ao lado do milionário no jantar. De certa forma, isso irritou Ava, e de outra a deixou satisfeita, pois Carlton Hanway havia chegado e estava se insinuando para ela. Carlton, que ela conhecia havia anos e que era um chato! Carlton, filho perfeitamente obediente de uma mãe perfeitamente egoísta, que fazia questão de demonstrar seu instinto materno em todas as ocasiões.

— Carlton é tão interessante quanto um pudim de arroz — Ava dizia com frequência. — Se você olhar para ele, ele se dissolve, como se fosse algodão doce. E ainda por cima tem a mãe dele.

Porém, ele agora servia para Ava esnobar John Gaunt. Assim, o pobre Carlton foi ouvido como nunca antes. E, quando a sobremesa chegou, a coragem dele tinha crescido tanto que se convenceu que havia chegado o momento de pedir a srta. Cleveland em casamento.

Ava estava extraordinariamente apetitosa usando um vestido de tule amarelo, bem da cor da calêndula, que parecia destacar ainda mais a estranheza de sua aparência. A pele branca parecia irradiar, se tal característica fosse possível na pele — isto é, parecia um branco lívido, mas vivo, não mórbido, como alabastro. Seus lábios, marcados com o batom, brilhavam em um vermelho mais intenso, o que dava um estranho contraste com o vestido. O cabelo preto parecia lançar sombras azuis onde tocava a pele, e as sombras cresciam para um azul-celeste perfeito em seus olhos. E tudo isso complementado por três drinks antes do jantar e meia garrafa de champanhe durante a refeição.

John Gaunt tornou a analisá-la. Decidiu que ela fora talhada pela vivência e não pela sua essência.

*Que pena que não podem todos morrer aos trinta*, pensou ele enquanto olhava ao redor da mesa, para os rostos que o cercavam. Gracie Davenport havia bebido muito e ao fundo podia ouvir os risos histéricos entre as conversas estúpidas.

— Onde você passará o inverno? — ele perguntou a Ava em um dos raros momentos em que ela estava livre de Carlton Hanway.

— Não me decidi. — Um sorriso estampava seu rosto, mas estava pensando que, se não ganhasse na partida de bacará naquela noite, não haveria como prever o próprio futuro.

Ela nunca fez a ele quaisquer perguntas nem pareceu ao menos um pouquinho interessada em como ele passaria os próximos meses ou para onde poderia ir e, embora John soubesse que Ava o esnobava deliberadamente, sentia que na verdade ela não era indiferente à sua presença e sim estava apenas intensamente irritada. Mesmo assim era homem, então ressentiu-se e quis acabar com Carlton Hanway.

Ava estava consciente da proximidade do sr. Gaunt. E irritada por não conseguir encontrar defeito nenhum em seu traje de jantar. Ela pensou: *Imagine uma pessoa da classe dele tendo a petulância de usar colarinho baixo! Como se fosse um duque inglês e pudesse se exibir! E que roupas extraordinárias e bem-feitas! E quão ridículo ter unhas tão bem-feitas! Mas felizmente ele não colocou as cinzas do cigarro na minha manteigueira... nem deu um arroto cheirando a álcool e... ele não fuma!* Ficou tão irritada, que pegou um maço de cigarros e acendeu um — coisa que nunca fizera antes. Sozinha, Ava só fumava três cigarros por dia. Não se fazia refém do vício e, no geral, era abstêmia. Mas, por algum motivo, aquele homem despertava cada aspecto rebelde e desafiador que havia nela.

John Gaunt estava animado. Era prazeroso brincar com ela, como um peixe preso no anzol. Ele sabia — porque havia determinado assim — que cedo ou tarde Ava estaria a seus pés.

Ava se esforçou para esnobá-lo da mesma forma que esnobava os outros amigos de Clarence, fazendo-os sentir que a simples ação de conversar com ela era uma grande honra.

Mas ela não teve essa satisfação naquela noite, pois, apesar de John Gaunt aparentar humildade, ela percebeu uma ou duas vezes um brilho travesso nos olhos dele.

— No entanto — comentou mais tarde com Constance —, pelo menos não pediu para Clarence corrigir o valor de sua fortuna, como aquele outro amigo dele fez no mês passado, quando Clarence disse que ele tinha quatro milhões. Mas talvez seja porque, quando chegam na casa dos vinte, eles aprendem que não é interessante se vangloriar e que não se deve chamar atenção para a soma de dinheiro que possuem.

Constance, que era tola, mas não ingênua, respondeu:

— Acho o sr. Gaunt muito atraente. E você também é, Ava, com a diferença de que não se dá conta, pois se acha estranha!

Mas, antes disso acontecer, eles jogaram bacará na varanda após o jantar. Ava perdeu e John Gaunt ganhou, sendo ele quem levou mais dinheiro no final da rodada. E, quando os últimos dólares da bolsa de corrente dourada de Ava foram parar em suas mãos, ele sorriu caprichosamente. Carlton estava evidentemente perturbado; a mãe dele não aprovaria Ava Cleveland apostando tão alto, ele tinha certeza.

Ava estava tão branca quanto uma gardênia, e o preto de suas pupilas parecia ter engolido o azul. Sua maior preocupação era como pagaria a passagem de volta para Nova York. Achou que fosse ganhar no jogo uma boa quantia para pagar Rosenbloom, mas agora tudo se fora.

Larry tinha o olhar embriagado e apenas consciência suficiente para aceitar a evidente paixão da anfitriã por ele, que aumentava a cada instante, incitada por sua indiferença. Clarence estava irritado por Ava não ter olhado para ele uma vez sequer — na verdade, a atmosfera inteira estava tão tensa que podia ser cortada com uma faca. Quando o jogo terminou, Ava não tinha um só centavo. Carlton fora arrastado por Gracie, já que se deixava levar por qualquer mulher determinada, embora quisesse muito permanecer ao lado de Ava. Portanto, por alguns momentos, o sr. Gaunt e a srta. Cleveland ficaram sozinhos, enquanto o resto dos jogadores se levantaram e foram em direção à mesa com bebidas e sanduíches.

— Sorte no jogo, azar no amor — Ava disse para o milionário, que estava concentrado, contando todo o dinheiro. Ele ganhara a rodada toda.

Ele apertou seus fortes dedos de unhas bem-feitas.

— Não existe sorte abstrata — respondeu. — A sorte está na força da mão de um homem.

Ava olhou para o punho de John, e uma repentina sensação de desamparo tomou conta dela.

John foi atingido por uma onda de paixão e ele agarrou a pequenina mão fria que ainda segurava a rainha de copas e o ás de espadas.

Ava foi surpreendida por um estranho sentimento que nunca experimentara na vida. Algo intoxicante que não tinha nome. Ficou com medo — a possibilidade de que aquela paixão profunda tocando sua existência a levaria à perda da virgindade para a grandeza do amor, o que poderia condenar sua alma. De repente, ela enxergou tudo com clareza: o significado da parceria, o significado da entrega, o significado da Vida.

A alma dela estava nua, todo o polimento da alta sociedade deixado de lado. Ali, talvez, estivesse seu companheiro, sua metade da laranja — forte, destemido e apaixonado. E então, como sempre, a verdade foi obscurecida, e Ava ignorou seu subconsciente. Ela removeu os dedos bruscamente, deixando as cartas caírem. Aquele alpinista social saído da sarjeta ousando ser íntimo com ela! E sem qualquer encorajamento, do nada! Que atrevido! Mas falava novamente com ela, com sua voz profunda e poderosa:

— Você tem o poder das cartas na mão — disse.

— Qual? — ela quase sibilou desafiadoramente. — O às de espadas é a pior carta do baralho!

— Se você tiver as duas, pode escolher qual jogar. A escolha é sua.

— Não, não tenho escolha. Preciso jogar a que for ganhar.

John Gaunt olhou bem nos olhos dela. O coração de ambos batia em uníssono.

— Bem, quando for a hora, você deve pensar com cuidado — sussurrou ele antes de se levantar da mesa, deixando-a desconcertada.

Ava sentiu algo afundar, como se o fim tivesse chegado.

Carlton Hanway, tendo de alguma forma conseguido se afastar de Gracie, que estava agora bastante bêbada, se aproximou de Ava enquanto ela estava sentada ali, embaralhando as cartas.

— Ava... queria que a senhorita não tivesse apostado tanto esta noite... você deve ter perdido... temo...

Ava ficou irritada. Havia algo sobre a personalidade de Carlton que irritava todo mundo. Ela respondeu rispidamente:

— Bem, eu paguei minhas dívidas, Carlton.

— Claro que sim, você é maravilhosa, Ava, mas não tem ideia do valor do dinheiro. Você precisa de alguém que tenha para cuidar de você.

O tom dele era condescendente. Ava respondeu com sarcasmo.

— Bem, e você com certeza tem! Controla cada centavo que gasta. Vi agora mesmo você marcando seus ganhos em uma caderneta!

O sr. Hanway se empertigou como se tivesse recebido um elogio.

— Pode apostar que sim! É por isso que sempre tenho dinheiro.

— E nunca gasta, hein? — Ela riu com um divertimento ligeiramente amargo.

Ali estava aquele jovem rico, muito maldoso, ela sabia, avarento com cada centavo, e ousava criticá-la por ter apostado!

*Como podem essas odiosas pessoas ricas saberem a tristeza que nós, pobres miseráveis sem um centavo, passamos para nos manter no mesmo ritmo que eles?*, ela se perguntou enquanto olhava para Carlton, cuja figura completamente desinteressante a revoltava. Ele ficou muito sério. Sempre com a mãe nos pensamentos, Ava Cleveland representava algum tipo de alegria. Ele chamava de "amor"!

— Eu gostaria de te ensinar a dar mais valor ao dinheiro. Então seria uma esposa perfeita. Minha mãe ficaria muito feliz em recebê-la em nosso lar.

Ava riu. Pensou em si instalada na mansão dele, completamente dominada pela viúva Hanway e cercada por meia dúzia de pequenos Carltons. Um cemitério na Filadélfia lhe parecia mais agradável! Mas a vida era uma piada cínica, e Carlton Hanway, uma de suas manifestações. Ela encheu seu tom de seriedade e perguntou suavemente:

— Isso é um pedido de casamento, Carlton? Você quer que eu me junte à sua mãe e que assim existam duas senhoras Hanway?

O sr. Hanway ficou aliviado por ela entender a sugestão. Satisfeito, ele desceu os punhos da camisa.

— Ora, sim! Você sabe que sou louco por você!

Ava era o retrato de inocência recatada.

— Mas eu quero um lar só meu. Não posso ser controlada pela minha sogra!

Carlton se apressou em tranquilizá-la.

— Ora, minha mãe não vai gostar. Nunca estivemos separados, ela e eu, e ela sempre disse que acolheria a moça com quem eu me casasse, e se ela realmente me amar não vai nos atrapalhar, e você também não atrapalharia minha relação com mamãe, Ava, tenho certeza. Entendo que um homem não é homem a não ser que coloque a mãe em primeiro lugar.

— E eu entendo que um homem não é homem a não ser que a mulher que ele ama... a futura mãe de seus filhos, que carregarão o nome dele... fique acima de todo o resto em sua vida, de tudo, exceto de seu dever com o país e com a própria alma!

Ava foi veemente.

Carlton estava "surpreso", como disse a si mesmo depois, então se inclinou à frente e colocou os braços ao redor da garota que julgava amar. Ava se afastou, arrepiada. O toque de homens a enojava. Ela, que sabia que só poderia dar toda a paixão para o único homem que ganhasse seu coração! Mas tomaria cuidado com as palavras, era tudo muito complicado!

— Mas eu não te amo nem um pouco, Carlton, e eu não causaria confusão entre um filho e uma mãe por nada neste mundo. Mas, veja bem, se um dia eu me casar, vou querer o homem inteiramente para mim sem ter que compartilhá-lo com outra mulher. Se afaste um pouco, Carlton! E saiba que me honra muito ao me oferecer este lindo segundo lugar!

O sr. Hanway ficou magoado, mas é claro que essa resposta se devia porque Ava não entendia ou apreciava a perfeição que era a santa da sua mãe!

— Ah, Ava! Você não sabe o que está dizendo. Minha mãe faria qualquer moça tão feliz quanto me faz. Vou continuar te pedindo, talvez logo veja que é o melhor para você.

Os olhos de Ava ficaram muito azuis, hostis e cinicamente divertidos, mas ela ficou sentada quietinha e então uma amuada expressão triste tomou conta de seu semblante.

Enquanto isso, Constance estivera conversando com Larry pela balaustrada que levava ao jardim.

— Larry querido, vou pedir ao sr. Gaunt para te oferecer um emprego no novo escritório dele em São Francisco; assim, podemos passar todos os finais de semana juntos aqui.

Larry estava ao lado dela com sua indiferença de sempre, e com aquele ar de que, se ela se comportasse bem, ele poderia se permitir ser persuadido.

— Isso parece bom, Con. Você sempre cuida de mim. Eu preciso de cuidados.

Constance corou com a sugestão dele.

— Eu quero cuidar de você, querido... Mas e aquela garota?

Larry estava olhando para frente, então Constance não viu o repentino estreitar dos olhos dele.

— Que garota?

— Você sabe muito bem, aquela que te dá seja lá o quê, que te deixa tão pálido e alheio.

— Bobagem! Coisa da sua cabeça. — Ele estava irritado agora. — As mulheres sempre imaginam coisas, mas se acha isso, deveria se esforçar mais para cuidar de mim.

Larry olhou para ela com seus olhos atraentes. Constance sentiu que podia perdoá-lo por qualquer coisa, que protegê-lo era sua verdadeira missão de vida. Ela se inclinou para mais perto.

— Eu vou, Larry. Você significa muito para mim. Clarence é tão prático... Todos os maridos são como mobília, não tem romance. Quero te manter seguro...

Larry viu Clarence de repente olhando para eles — por ora, bastava de dar corda para Constance!

— Eu não terei que trabalhar muito neste emprego com o sr. Gaunt, terei, Con?

— Não, querido, claro que não!

— Então vamos em frente.

O olhar de Constance era de gratidão.

## V

Cuidar de Larry! Moldar o destino dele! Isso parecia bom demais para Constance, e ela chamou John Gaunt para se juntar a eles. Então Larry se levantou preguiçosamente para se deixar ser atraído por Gracie Davenport em direção à sombra fresca do jardim. Constance expôs o caso para o milionário, tendo conduzido a conversa para que não soasse tão óbvia.

— Sabe, as coisas são tão difíceis para eles, sr. Gaunt! O pai deles nunca os ajudou com nada, e então morreu... e os dois são tão atraentes. Você não pode encontrar uma posição em seu escritório em São Francisco para Larry?

John Gaunt já havia formulado um plano para o irmão da srta. Cleveland em São Francisco. Ele ser seu empregado se encaixava muito bem em seu jogo; então sorriu benignamente e deixou Constance acreditar que era inteiramente pela benevolência dela que ele consideraria a questão.

— O que o jovem faz? — perguntou, simpático.

Isso deixou Constance perplexa por um momento.

— Ah, bem, ele joga polo... e é muito amável, mas é claro que talvez isso não seja útil. — Ela suspirou, e seus olhos violetas pareceram implorar. — Mas você não tem um cargo em que ele possa receber pessoas, oferecer a elas charutos e, ah, mantê-las de bom humor enquanto esperam?

John Gaunt sorriu elegantemente. Para ganhar dinheiro ele sempre soubera o que queria e quais ferramentas usar. Ele não apenas tinha o "It", mas o ingrediente "X" — qualidade ainda sem nome e que poderia ser entendida como uma intuição. Ele sempre *sabia* quando devia ser implacável, quando podia ser gentil e quando era melhor se conter.

— Eu preciso, sim, de uma pessoa para fazer isso — respondeu —, e, se você quer dar essa chance ao garoto, conversaremos a respeito.

Eles conversaram.

E enquanto falavam sobre o assunto, John Gaunt observava Ava e Carlton, e uma onda de ciúme poderosa o tomou, mas percebê-la o fez se conter. Sabia que não conseguiria jogar se perdesse o controle. Ele se sentiu aliviado quando viu Clarence se juntar a Ava e interromper o *tête-à-tête*. No entanto, se tivesse escutado do que se tratava a conversa, não teria ficado tão aliviado.

— Ava — Clarence estava dizendo —, me escute. Você disse no jantar que voltará a Nova York em breve. Seja boazinha e farei sua vida ser um mar de rosas; ninguém vai perceber. Fico louco com você me dispensando sempre.

O assédio fora longo — começara na primeira noite que os irmãos chegaram à Califórnia.

Ava havia resistido e dispensado a inconveniência de forma sutil, mas na última semana Clarence se tornara insistente, e era difícil levar tudo na brincadeira. Ela suspirou; estava irritada.

— Ainda não me decidi, Clarence. Talvez eu volte. O meu futuro é sombrio. — Então Ava ficou destemida. — Estou cansada dessa podridão! A mentira de nossas vidas! Eu posso tanto ser sua amante quanto a de outro. — A voz dela vibrou enquanto ria amargamente. — Mas você será o primeiro a saber, Clarence... sobre o que farei com *minha própria pele*!

Clarence tomara drinks suficientes para imaginar tudo às claras, como às vezes acontecia, e sentiu receio em relação a Constance. Mas depois os estúpidos olhos dele se encheram de emoção.

— Pode apostar! Vou beijar cada pedacinho de sua pele, e a cobrirei inteira com diamantes, querida! Só não me faça esperar muito!

Ava tremeu de nojo, e então Constance a chamou.

— Ava, venha escutar!

Satisfeita, Ava se levantou e foi até onde sua amiga e John conversavam. Sentou-se no sofá ao lado de Constance e olhou diretamente para o milionário.

— O sr. Gaunt encontrou um trabalho ideal para Larry, Ava! — Constance riu, maravilhada. — Quer que ele seja o supervisor que recebe os convidados em seu escritório em São Francisco, tudo ótimo! Muita coisa para fazer... Coisa tranquila. O trabalho certo para Larry. Sei que você ficará feliz, querida, e o clima é tão bom para ele na Costa Oeste. Poderei cuidar dele!

John Gaunt manteve o rosto inexpressivo. Os olhos azuis de Ava se tornaram ferozes e ressentidos.

Constance sentiu que agora era o momento de cuidar dos outros convidados, se levantou e, com suas desculpas esfarrapadas, deixou os dois.

Quando sozinhos, Ava disse:

— Muita bondade sua arranjar esse cargo para Larry. Suponho que eu deva te agradecer, sr. Gaunt.

O sr. Gaunt olhou para baixo, muito subserviente.

— Você não precisa me agradecer. Estou certo de que seu irmão fará um ótimo trabalho, de acordo com minhas ordens, srta. Cleveland.

Os olhos azuis de Ava pareceram crescer tanto quanto os olhos de uma esfinge.

— Pode ser que sim, pode ser que não. Depende do que consista o trabalho.
— É verdade. Não será árduo. Ele terá que ser educado, manter os clientes de bom humor, levá-los para jantar às vezes, e oferecer-lhes charutos enquanto esperam.

Os lábios vermelhos de Ava se curvaram com desdém.
— Você criou esse cargo...
— Sim, para agradar...

Ava o interrompeu:
— Constance?

O ressentimento e a impotência a preenchiam.

Era muito importante para eles que Larry encontrasse emprego, mas ter que aceitar favores daquele homem que claramente inventava um cargo era um golpe amargo para ela, e com qual objetivo? O de sempre na vida dela: o mesmo de Clarence!

Ela perguntou outra vez, ferozmente:
— Para agradar Constance?

John Gaunt sorriu.
— Sim, para agradar a sra. Meriton.
— Que gentil, mas me pergunto qual de fato é sua intenção, sr. Gaunt.

Nada poderia ser mais impassível do que o semblante do milionário.
— É puramente para meu ganho pessoal.

Ava pensou por um momento. Não deveria deixar a emoção tomar conta de si ao lidar com aquele homem, que agora temia por conta do estranho fascínio que lhe provocava. Então ela disse, em outro tom:
— A sra. Bromworth nos disse, quando subimos para nos trocar, que você tem olhos felinos que enxergam na escuridão. Talvez você também consiga ver o futuro e pode então ter a certeza de que isso será para o *seu ganho*.

— Sim... Eu raramente ajo por impulso. Talvez seja por isso que subi na vida: comecei vendendo jornais aos dez anos em Bowery e hoje sou rico.
— Rico! Dizem que você tem vinte milhões.
John deu de ombros, indiferente.
— E o que tem?
— Nada! Na verdade, todos são iguais. Quando têm milhões, podem comprar o que quiserem, quer seja um recepcionista... ou qualquer experiência.
— Você deveria experimentar a vida, srta. Cleveland, como sua amiga, srta. Davenport. E, se em algum momento quiser provar a realidade e desejar descobrir como é trabalhar, me ligue e venha me ver. Trabalhar duro é uma coisa maravilhosa. Boa noite. Estou indo embora pela manhã.

John pegou seu cartão de visitas e entregou para ela, escrevendo o endereço de sua empresa, assim como o de seu apartamento na Quinta Avenida.
— Trabalhar! Isso soa divertido! Mas nunca se sabe.

Ela assentiu indiferentemente e foi até o irmão, que se cansara da companhia de Gracie no jardim escuro e retornara à luz. John Gaunt ficou parado, interessado e um pouco ressentido, mas com uma expressão caprichosa em seus olhos profundos.
— Larry, o que você acha dessa ideia de trabalhar para o sr. Gaunt? Parece a realização de um desejo: um salário e nada para fazer. E Constance vai cuidar de você.
— Acho que está tudo bem, Ava — o patife respondeu alegremente. — Ninguém poderia assumir o cargo melhor do que eu, mas como você ficará, irmãzinha? Se tivesse ganhado hoje no jogo, poderia ter ficado em paz no apartamento até que o dinheiro de março entrasse, mas do jeito que as coisas estão... Bem... O que foi?

Ava riu. O mundo dela estava de cabeça para baixo. Nada parecia real. Só mais um homem que provavelmente a queria como amante — mas desta vez com a tragédia adicional de que ele a atraía, a fascinava, contra a vontade dela. Qual seria o final dessa história? A crença dela na virgindade se sustentaria?

Mas havia um Deus — e talvez Ele soubesse!

Larry percebeu o cartão na mão dela.

— Por que meu novo chefe lhe deu esse cartão, Ava?

— Ele sugeriu que um dia eu possa querer trabalhar! Que impertinência!

Larry tinha opinião.

— Boa ideia, irmãzinha. Se torne uma das datilógrafas e o atraia. Ele será um cunhado útil para mim.

Ava ergueu a cabeça arrogantemente.

— Eu jamais poderia pedir qualquer favor daquele homem.

Larry ficou muito irritado com a irmã.

— Caramba, Ava! Aquele homem! É melhor você pedir para Gracie te ensinar. Ela sabe para que os homens servem.

Cansada, Ava deu de ombros. Até Larry, seu irmão, nunca entendera a verdadeira natureza dela. Ele prosseguiu:

— Mas graças a Constance, estou salvo. Já você, Ava, não fez nada por mim.

— Não... nada. — A voz dela estava triste demais para ser amarga, e Larry não se ofendia tão facilmente. — Sou só eu mesma. E pronto.

Ela evitou John Gaunt e não disse boa noite nem adeus para ele.

\*

Mas por volta das duas da manhã ela se inclinou para fora da janela e olhou para a lua minguante sobre o mar. A cena atual se dissipou e Ava se lembrou da Costa Norte, onde a velha Mary, a devotada babá irlandesa, um dia cuidara dela e do irmão ao terem seus mundos virados de cabeça para baixo, quinze anos antes. Ela se viu lendo *O Último dos Moicanos* e decidindo ser tão nobre quanto aquele Chefe Indígena. John Gaunt a fazia se lembrar do personagem, o mesmo rosto sério que raramente relaxava. Ava queria não gostar dele, mas não podia enquanto estivesse ali, sozinha com o céu e o mar. A verdade era que ele não podia ser comum com aquele rosto e aquela certeza silenciosa. Mas o que John queria dela? As ações dele não demonstravam o desejo que um homem que queria uma mulher em sua vida mostraria. Toda a atitude dele havia sido como a de um apostador esperto jogando pôquer.

Era claro que ele ouvira que Ava não tinha dinheiro e que cada hora estava na casa de um amigo, vivendo às suas custas; Clarence — que a queria como amante — teria se encarregado disso. Por que a vida era tão feia quando deveria ser linda e boa? Por que ela não podia encontrar alguém a quem poderia se entregar? Não ser forçada a trocar sua virgindade — que para ela era sagrada — apenas para viver a vida que ela já conhecia. Certamente a alma contava. Certamente aquele Deus que criara a paisagem que ele observava não quereria que tudo terminasse em luxúria e tráfico de influências. Ele não poderia ajudá-la? Ajudá-la a cuidar de Larry, tão fraco, incapaz de cuidar de si mesmo. Ajudá-la a ser forte o bastante para não cair em nenhuma armadilha.

— Deus... Existe orientação em algum lugar? Eu não posso ser boa? Você não me ajudaria a não ter que dar... aquilo... a não ser que eu ame? Por favor, Deus... não sei quem você é, e todos rimos de você, mas você deve estar em algum lugar neste luar. Consegue me escutar? Vai deixar que eu siga... virgem? Ninguém me tocou nesses vinte e cinco anos. Deus, me ajude, em nome do *amor*.

Aquela foi a oração dela.

E enquanto a terminava, Ava caiu de joelhos e chorou até soluçar. Enfim o sono veio, ali ao lado da janela, com a luz da lua brilhando sobre sua cabeça, enquanto seu corpo adorável estava deitado à sombra no chão.

*

John Gaunt, em seu quarto, também olhava para o Pacífico iluminado pelo luar. Em todos os seus quarenta anos nunca se sentira como naquela noite. Um novo interesse havia surgido. O desejo apaixonado por *uma* mulher o dominava — não por *mulheres* no geral. Ele sentiu algo na alma de Ava, algo que ele ansiava por conhecer. Mas lutava contra a experiência que tinha com mulheres comuns. John não tinha padrões altos — nenhuma experiência com a alta sociedade. Tudo o que ele sabia de suas vastas leituras durante suas inúmeras noites solitárias era que, em algum lugar, de alguma forma, ele deveria encontrar sua parceira. Ela, que não seria completamente boa nem apaixonada apenas pelo dinheiro. Ela, que seria virgem e delicada com suas carícias. Ela, que daria a ele — John Gaunt, que vencera a pobreza e ganhara poder — aquilo que fazia tudo valer a pena: *amor verdadeiro*. Ele também orou a Deus. Não ao Deus que governou Ava desde os dias infantis e inocentes, mas àquela onipotência que ele sentia que deveria conduzir o princípio das coisas. Seu senso de negócios disse:

— Deus, ou seja lá o que o Começo é, eu a quero, Corpo e Alma. Me deixe ganhar. Isso é tudo.

E então ele encarou o mar pensando em nada e pareceu ver a Eternidade.

# VI

Dois dias depois de John Gaunt retornar à Nova York e ao seu escritório, a srta. Gimble, uma mulher de trinta e cinco anos que indexava cartões, contou à srta. Trumpet, a datilógrafa-chefe que supervisionava vinte funcionárias:

— O chefe parecia estar bem do retorno da viagem.

— Discordo. Ele parecia preocupado quando passou por aqui ontem.

A srta. Gimble fungou. Ela odiava a srta. Trumpet. Odiava todos que tinham contato com seu chefe.

John entrou no escritório seguido por sussurros. Ele sempre chegava pontualmente às dez horas, e era certeza que, cinco minutos antes disso, vinte e dois corações femininos batiam com expectativa, e que dez ou doze corações masculinos também.

A srta. Shrimper, Agatha Shrimper, era a secretária particular dele — uma colocação de grande importância —, que ficava sob o gerenciamento do sr. Burnwell. John Gaunt não acreditava que uma única pessoa deveria saber todos os detalhes de seus negócios. Agatha idolatrava o chefe e isso a deixava nervosa; havia mulheres demais por perto. Ela suspeitara da viagem dele aos Meriton. Seu chefe não costumava ter amigos.

O sr. Gaunt pagava salários mais altos que os outros empresários, mas esperava perfeição, e por vezes conseguia. A srta. Shrimper era perfeita em seu ofício. Assim como a srta. Trumpet e a srta. Gimble. Não havia nem uma no bando de moças que digitavam sem parar que recusaria qualquer coisa que John pedisse, mas ele não costumava pedir favores às datilógrafas.

Quando ele passou, Poppy Martins sussurrou para Phyllis Benton:

— O chefe falou comigo ontem.

A srta. Benton arregalou os olhos.

— Pra te dar bronca?

— Claro que não!

— Bem, mas pelo jeito também não elogiou...

A srta. Martin foi obrigada a admitir que não tinha sido exatamente elogiada, mas ele ter falado com ela já era motivo de alegria.

Enquanto isso, John Gaunt tinha aberto a correspondência que a srta. Shrimper separara para ele. Chang, seu empregado mais confiável, era talvez o único ser na Terra que tinha ideia do que ele realmente fazia. O relatório original de Chang, escrito em letras intrincadas e em um inglês bastante fluente, estava diante do chefe. John releu-o pela décima vez. Trazia a informação de que a srta. Cleveland e o irmão dela estavam com dificuldades financeiras, a senhorita com uma dívida grande na Claribel. Eles pertenciam à alta sociedade de Nova York. A srta. Cleveland era respeitada. O sr. Cleveland não. A srta. Ava era boa e adorava o irmão. O sr. Larry era um vagabundo e provavelmente estava usando ópio. Chang saberia mais sobre isso quando recebesse informações vindas de seus contatos em São Francisco.

*Não vai ser difícil,* John pensou, *mas ela deve ser conquistada, e não apenas amada.*

Ele sorriu enquanto pensava na loja Claribel. Já havia gastado muito com eles no passado! Então seu rosto ficou sério, e o homem que entrou naquele instante com uma proposta de negócios importante soube que não conseguiria aumentar um centavo no acordo.

Naquela noite, enquanto se sentava solitário para jantar no apartamento, o sr. Gaunt deu a César e Pompeia, seus amados gatos, alguns petiscos. Os dois corpos grandes e gordos palpitavam sob os pelos elegantes e malhados, e afeto, ganância e satisfação irradiavam de seus olhos verde-amarelados. Eram animais treinados. A educação deles divertia John Gaunt, porque gatos eram difíceis de treinar, e ter sido capaz de domá-los dava a ele um certo prazer. Ele os amava também, de sua maneira estranha, e quando estava pensando em algum esquema de negócios, um deles sempre sentava sobre seu joelho e tinha as orelhas acariciadas enquanto miava em êxtase. O outro, agachado em uma cadeira ali perto, a cauda balançando irritadamente, observava com olhos sombrios e ciumentos até que John percebesse e chamasse: "Venha também, Pompeia", ou "César", e então o felino dava um salto e se aninhava ao lado de seu companheiro. Se não fosse por aqueles dois, a vida de John Gaunt seria mais solitária ainda. Quando Chang removeu o último prato e colocou o café e os licores ao alcance, John pediu que chamasse a srta. Mellon, sua séria governanta escocesa, que tomara conta de uma mansão ducal no exterior e sabia como as coisas deveriam ser feitas.

A srta. Mellon gostava do mestre e o respeitava profundamente. Como ela escreveu para uma parente na Escócia naquela noite:

*Tenho servido a aristocracia há trinta anos, Janet, como você bem sabe, e nunca pensei que encontraria um milionário nascido na pobreza. Mas ele não possui nenhuma das pequenas maldades de Sua Graça, nem a fraqueza ou vício de*

*Lorde Henry — que eu costumava ignorar porque adorava o garoto. O sr. Gaunt é forte e muito orgulhoso.*

John sabia que teria que esperar o destino com relação a Ava, mas nunca duvidou que cedo ou tarde ela ligaria para o número no cartão dele.

— Srta. Mellon, vi que você obedeceu a minhas ordens e que a suíte foi limpa. Monsieur Gerand, o decorador francês, virá amanhã para anotar minhas ordens para a decoração.

A srta. Mellon aquiesceu.

— Decidiu sobre o estilo, senhor? — ela se aventurou a perguntar. Estava curiosa em saber se o ocupante seria homem ou mulher, e o estilo escolhido poderia revelar. Ninguém nunca fazia perguntas diretas a John Gaunt.

— Sim... francês.

— Excelente, senhor.

E ela se retirou.

John vivia uma vida solitária em seu amplo apartamento em um dos prédios novos e altos na Quinta Avenida, o lugar onde a elite costumava viver privadamente vinte anos antes. Ele tinha uma vista privilegiada do Central Park. Tudo ao seu redor era magnífico. John havia pagado uma soma considerável enquanto a estrutura era erguida para ter seu andar superior com tetos de quatro metros de altura. Algo nele sempre o fizera ansiar por amplitude. Ele quase acreditava que havia verdade na teoria das vidas passadas que lera, pois como é que ele, nascido na sarjeta, teria esses instintos? Não queria coisas bregas e brilhantes, mas tudo que era discreto e de bom gosto. Durante suas viagens pela Europa — por vezes com uma amante francesa —, seu desejo natural o levara às obras-primas da arte e o fizera evitar as atraentes, porém sem valor algum. Suas estantes estavam cheias do trabalho de grandes poetas. Eram seu bálsamo, sua recompensa, por assim dizer, quando ele dominara a complicada filosofia grega. A vida dele inteira se dividia em duas partes. Durante o dia, debatia com especialistas de Wall Street, e à noite ficava sozinho com suas pinturas, seus gatos, seus clássicos e suas memórias do século XVIII, refinando seus sentidos, polindo suas faculdades críticas, estabelecendo um padrão alto por suas escolhas. E com amantes. Sim, quando precisava se aliviar, mas nunca apenas por luxúria e desejo.

John acreditava na existência da alma. Ele lera Rudolf Steiner — ele lera tudo o que comprara sobre o assunto na livraria Bretano's. E aos quarenta tinha certeza de uma coisa: o homem colhe o que planta. E sabia que tivera que pagar por muitas das sementes que plantara quando jovem. Mas, conforme seu conhecimento crescia, ele tivera cada vez menos problemas. Talvez estivessem já eliminados. Talvez ele estivesse se aproximando do ponto em que encontraria outra alma que também ansiasse pelo divino. John ficou sentado quieto, pensando e pensando. Sua busca pela verdade fazia com que fosse honesto, então ele ganhara em todos os seus jogos. Mas aos quarenta ele estava solitário.

Os corpos das mulheres. O que são? Apenas a busca pelo clímax. Mas e depois? Apenas a Alma das coisas importa. Corpos apodrecem nas tumbas. Deixam de ser. Os átomos se tornam pó, terra, nada, mas aquilo que é imortal — para onde vai? Para... Para... E qual é o meio da Alma? Amor... Amor — isto é, sacrifício —, Devoção, Pureza, Fusão, Imortalidade!

Era isso o que John por vezes dizia em voz alta para César e Pompeia quando estava sozinho, como passava grande parte das noites, e ele não sentia vergonha de ser sentimental.

Quando o impulso masculino natural pela carne despertava nele, John costumava dizer para Chang:

— Ligue para o serviço de acompanhantes e diga que venha alguém até aqui, às dez horas. Pague adiantado o que ela pedir e diga que venha e fique até que eu adormeça. Ela receberá outro cheque amanhã.

Então depois prosseguia com seu trabalho no mundo e seus sonhos de Amor e comunhão da alma.

Quando os bracinhos das crianças com deficiência se enrolavam em seu pescoço nas visitas ao hospital, uma estranha convulsão de lágrimas quase o dominava. Aquilo era o sentido de Deus (fosse lá o que fosse Deus, o Imortal) das coisas... as súplicas apegadas e indefesas para "prosseguir", para ajudar, para iluminar, para levar a glória em frente. E tudo deveria vir através do *amor*.

Ele esperava pacientemente. Sabia que encontraria uma mulher com essas qualidades, que não tivesse sucumbido ao impulso sexual.

John Gaunt queria algo além de tudo isso.

Ele acreditava no provérbio persa: "Confie em Deus, mas amarre seu camelo".

Os fingimentos o faziam rir.

Criaturas lutando, se esforçando, tentando enganar pessoas mais inteligentes. Falsidade e ilusão! John ganhava todas as vezes — geralmente milhões —, porque nunca via nem queria nada diferente da *verdade*. Se a avó dele tivesse sido de sangue nobre, como dizia, havia apenas transmitido a ele a beleza física, conhecimento instintivo e preferência pelo bom-gosto. Então ele deveria ser grato e exaltar sua Alma, para estar em harmonia com essas coisas.

Aquela era filosofia dele.

Esperar... Solidificando seu poder material na Terra, para construir um trono adequado para sua companheira de espírito, nascida do Amor.

Um ideal que seria cômico para um homem que veio da sarjeta.

Quando John foi ver pela primeira vez a residência de George Washington em Mount Vernon, disse para si mesmo:

— Se algum dia eu amar uma mulher, vou trazê-la aqui, e, se ela não conseguir perceber a força deste lugar, a humildade, refinamento e conquista da qual este lugar respira, como o lar desse grande homem, então vou saber que apenas o corpo dela me capturou, e isso vai me dizer que ela não é para mim. Se eu morrer com cem anos e não a tiver encontrado, amada minha... — (Ele lia com frequência o *Cântico dos Cânticos*, então conhecia inglês erudito) —... espero encontrá-la na próxima vida.

Isso ele disse para Cleópatra, a mãe de Pompeia e César, que vivia em seu escritório e era alimentada quando queria.

— As mulheres têm que aguentar a dor de ter filhos e de suprir o desejo dos homens, portanto merecem ser mimadas, com comida e doces especiais, e joias e roupas, e casacos de pele e todo o resto... Seja exigente, Cleópatra, é o seu direito!

E foi o que ele disse à srta. Shrimper um dia, quando ela o informou que Cleópatra, prenha com os gatinhos, não queria comer a ração...

— Então compre peixe cru para ela.

## VII

No dia seguinte, Monsieur Gerand, o famoso decorador francês, chegou na hora marcada e foi levado à suíte. Ele olhou ao redor e explicou que gostaria de saber, com o máximo de detalhes possível, o gosto do futuro ocupante do lugar.

— A pessoa que vai ficar aqui não é gentil — explicou John —, e o estilo certamente não pode ser comum; precisa ser único. Desejo que utilize toda a sua experiência, Monsieur Gerand. Não quero que a suíte se pareça com a casa de algum dos meus amigos.

O francês conhecia seu ofício e quase sempre odiava o gosto dos clientes. Ele inclinou a cabeça e pensou por um momento.

— Que tal *art noveau*? — sugeriu.

— Não. A ocupante é da alta sociedade; as coisas devem ser conservadoras, mas pessoais...

O decorador passou alguns minutos pensando, andando pelos três cômodos e pelo banheiro, torcendo os dedos atrás das costas enquanto falava.

— Uma abordagem *à la* Luís xv: séria, mas ousada. Feminina, mas com um toque masculino; nada pomposo, mas com um quê de volúpia. Calor, luz, intimidade. Captei a ideia?

John Gaunt sorriu.

— Sim, e cada cômodo de uma cor. A ocupante é exótica e deve ter uma moldura que mostre essa qualidade. Tudo deve estar pronto em três semanas. Se a pressa for inconveniente, cobre a mais. Faça seus rascunhos e eu os aprovarei imediatamente. Comece o quanto antes.

Monsieur Gerand conhecia os métodos de John no mundo coorporativo e soube que valeria a pena fazer seu melhor.

— Verde-veridiano para a saleta; rosa-damasco para o quarto; e laca carmesim para o quarto de vestir e o banheiro. Tenho um ambiente genuíno e único dessa laca em um chalé francês perto de Paris, se parece com uma labareda.

John de repente pensou em Ava com sua pele cor-de-gardênia e cabelo preto, banhando-se em um fundo vermelho. Sim, a laca carmim seria perfeita para ela!

— Muito bem.

Assim a reunião terminou. John voltou para sua biblioteca e pegou vários livros sobre a arte de Luís XV em móveis e decoração, em especial em estilo chinês, conectando as suas visões de lugares famosos que conhecia na França. A ocupante da suíte teria um ninho perfeito!

\*

Larry aceitou o cargo em São Francisco, supervisionado por Constance e perseguido por Lo-Lu — e também pelo "aprendizado" de Gracie Davenport — e saiu de lá pensativo. As noites nos jardins com homens como Larry só eram boas por dez minutos. E o que aprendiam valia dinheiro, e milhões de dólares podiam comprar qualquer coisa, até mesmo a ajuda da ciência. Milhões de dólares valiam algo quando você não estava em busca da Alma.

Só uma vez, quando Gracie estava sentindo uma dor excruciante, amparada por duas enfermeiras, a garota de dezoito anos percebeu o significado de Deus, assustou-se e perguntou:

— Jesus! Irmãs, vou morrer? E para onde vou? — gritou vigorosamente.

Mas recebeu uma resposta compreensiva.

— Vamos, não se preocupe, srta. Davenport. Não é nada, só um resfriado, querida.

Só uma vez, e então Gracie voltou a dormir. Geralmente, Deus precisa chamar três vezes.

Ava voltou para o apartamento na Park Avenue e ficou horrorizada com o vento frio de outubro. Não podia comprar carvão; não tinha dinheiro. Com a conta do último trimestre em aberto, não poderia encomendar fiado. Até mesmo madeira estava difícil de achar, e o aparato de aquecimento não se estendia até o décimo sétimo andar nem aos cômodos de madeira! O inverno era gelado e implacável. Deus! O que poderia ser feito?

Ela revisou toda a vida. Os amigos e o que fizeram por ela, seus idealismos (o que faziam quanto às esperanças?), seus meios materiais (Carlton Hanway, por exemplo — deveria ela aceitar o casamento, perder a alma?). Deus... Deus, o que ela deveria fazer?

— Muitos de nós querem ser bons, Deus, mas as coisas acontecem tão rápido que não aprendemos a nos ajustar ao ritmo. Temos que seguir em frente, mas, por favor, nos ajude a nos mantermos dentro de sua lei. — Era assim que Ava rezava naqueles dias de outubro até o frio novembro, com as brilhantes folhas de bordo mudando de cor e toda a alegria da sociedade de Nova York retornando. O medo tomou conta dela.

Ah, se os amigos suspeitassem que a fome a fazia ficar desesperada até pelos aperitivos do almoço! E talvez pensassem que ela era arrogante, já que não os convidava a subir ao apartamento; o motivo era que não havia fogo na lareira e ela não sabia limpar a casa, que estava uma bagunça.

A situação era crítica. Ava teve uma ideia no começo de novembro, quando recebeu uma carta de Larry, vivendo em luxo em São Francisco, sugerindo, ou até mesmo insinuando, que todo dinheiro que ela conseguisse juntar seria bem-vindo e de fato necessário! Então foi em busca de ajuda da velha babá Mary. Ah, se ela apenas pudesse desaparecer até que março chegasse!

Rosenbloom não poderia lhe importunar sem saber onde ela estava, e então Ava poderia emergir como uma borboleta e pagar um pouco da dívida!

Tinha tias-avós na Virgínia, em uma colossal mansão que estava caindo aos pedaços. Ela poderia dizer à imprensa que fora até lá para descansar e que não tinha nem como enviar cartas. Claro que não se submeteria à companhia das tias, mas fingir que iria bastava. Na verdade, Ava iria até o apartamento da velha Mary, no Brooklyn, e lá cuidaria de sua "pele" — pele! —, seu bem principal, e pensaria e leria e... Mas por quê, por que a memória daquele alpinista social horrível, bem-vestido, insolente, de unhas muito bem-feitas, odioso e atraente, John Gaunt, não a deixava? *Ignore a imagem!* E por quatro dias ela o fez, mas e se funcionasse? *Eu poderia pagar a conta da Claribel. O quê? E se ninguém soubesse? O quê? Que divertido... Eu poderia esnobá-lo e colocá-lo em seu lugar, e ser estenógrafa de mentirinha até março. Não sei datilografar, mas não importa. Ele vai aceitar qualquer coisa...*

Então, em uma manhã de novembro, ela ligou para o número do escritório dele — consultando o cartão de visitas — e, depois da dificuldade em completar a ligação, foi informada por uma voz feminina ácida que "o sr. Gaunt está fora da cidade até a próxima quarta-feira".

Então, aquilo daria tempo para que a notícia do descanso na Virgínia fosse divulgada à imprensa. Um almoço com as amigas no clube seria bom! Não era necessário pagar na hora. Mary já estava avisada e havia concordado.

— Vocês não precisam escrever para mim, queridas — Ava disse às amigas enquanto bebericavam seus drinks. — Vou apenas descansar e testar o novo tratamento com azeite de oliva para a pele. — Ela nunca conseguia evitar o riso cínico quando falava de pele. — E não responderei nem uma carta! Voltarei na primavera e roubarei todos os seus namorados!

Assim, ela trancou o apartamento na Park Avenue, escapou dos credores e desapareceu na "Virgínia", que no mapa se tratava da residência da velha babá em uma velha casa em um quarteirão fora de moda no Brooklyn, perto — ah, se ela soubesse — de um dos hospitais infantis de John Gaunt.

Algo a fez ficar inquieta, mesmo no primeiro dia. Assim, Ava tornou a pegar o cartão de John Gaunt e ligou para o número de seu escritório mais uma vez.

A srta. Shrimper atendeu e foi tão grossa quanto podia quando escutou uma refinada voz feminina. Ela a reconheceu da ligação anterior, quando conseguira enganá-la com o "até quarta-feira". Não, o sr. Gaunt não poderia atender ao telefone, ele nunca atendia ao telefone! Que ideia!

Ava firmou a voz.

— Seja gentil e diga a ele que a senhorita que ele conheceu na casa da sra. Meriton está ao telefone.

É provável que nem isso tivesse tido resultado, se o próprio John não estivesse por um acaso saindo de seu escritório e visto o rosto ácido da srta. Shrimper. Algo lhe disse instantaneamente que Ava tentava contatá-lo.

Os olhos dele se tornaram fogo esverdeado enquanto falava com uma doçura incomum que quase derreteu os ossos da srta. Shrimper, como ela contou mais tarde à srta. Gimble.

— Quem está na linha? — perguntou ele delicadamente.
— Ela diz que é uma senhorita que o senhor conheceu na casa da sra. Meriton, sr. Gaunt.

John virou-se para o escritório.

— Passe a ligação. — Foi tudo o que disse.

Enquanto o fazia, os olhos da srta. Shrimper se encheram de lágrimas.

— Bom dia, srta. Cleveland — a voz dele era profunda e Ava, do outro lado da linha, tremeu estranhamente. — O que posso fazer por você?

— Eu quero... trabalhar...

— Esteja aqui amanhã às onze. Estou criando alguns cargos novos no meu escritório. Talvez você queira ser conhecida como srta. Clover? — O tom era frio como aço e totalmente profissional.

Ava sentiu um arrepio. "Srta. Clover"! Que ideia!

— Muito bem — respondeu ela, e desligou.

John se recostou na cadeira e sorriu.

— Ela vai ficar muito surpresa... — disse para si mesmo.

Então saiu para aparar as pontas do cabelo de forma que suas ondas grossas ficassem rentes à cabeça. As unhas, que Ava pensara serem bem-feitas demais, também receberam um lustro ainda mais brilhante. Em seguida, John foi ao clube, ficou parado como uma esfinge e foi quase intratável com dois amigos de negócios que encontrou.

— Gaunt está mexendo com algo importante, George. Eu daria tudo para saber o quê.

E Ava, na sala de estar apertada da babá, estava ajeitando um bonito chapéu preto de feltro.

— Mary, estou indo trabalhar para um cavalheiro muito desagradável, mas também muito rico. O que você acha que ele me dará?

— Qualquer coisa que você ousar pedir, querida — Mary respondeu sabiamente enquanto remendava um lençol.

# VIII

Quando Ava chegou à sala de espera do escritório na manhã seguinte, Phyllis Benton estava de plantão. Ela viu imediatamente que aquela moça não era datilógrafa e, como o chefe nunca recebera uma visitante da sociedade antes, ficou instantaneamente em alerta. Perguntou com arrogância qual era o assunto que a srta. Clover gostaria de tratar e se ela tinha um horário reservado. Ava tinha, para às onze. Estava atrasada dez minutos; o sr. Gaunt tinha outra entrevista para às onze e quinze, e a srta. Benton não sabia se ele conseguiria ver a srta. Clover agora. Ela olhou para Ava enquanto telefonava para a srta. Shrimper; estava adorando fazer a intrusa ficar esperando.

A srta. Shrimper hesitou; ali estava uma chance de se vingar pelo dia anterior, já que poderia facilmente dizer que a srta. Clover não havia chegado a tempo e que o horário do sr. Hogenheimer era o próximo. No entanto, o medo tomou conta dela — e se o chefe descobrisse?! —, então firmou a voz e disse à srta. Benton que deixasse a srta. Clover entrar.

O senso de humor de Ava fora provocado; a mente dela não chegara ao ponto onde a hostilidade das mulheres importava para ela. Ava agradeceu à srta. Benton educadamente e seguiu suas instruções, passando pelo salão cheio até o escritório da srta. Shrimper.

Houve um farfalhar perceptível; todas as datilógrafas estavam interessadas. O chefe estava recebendo uma moça! Uma moça muito atraente e lindamente vestida.

— A srta. Clover, sr. Gaunt, com hora marcada.

Ava seguiu a secretária para o escritório. O ambiente tinha painéis de carvalho do tipo mais simples e cadeiras de couro marrom. No entanto, um fogo alegre queimava na lareira aberta e um grande gato malhado estava encolhido perto da proteção. Uma bonita pintura holandesa estava pendurada acima da cornija. Ava ainda não sabia, mas aquele gato era a gloriosa Cleópatra, mãe de Pompeia e César.

O sr. Gaunt se levantou e fez uma reverência enquanto a cumprimentava. Não tentou apertar a mão dela, então Ava precisou baixar a que estendia.

Ela se lembrou de quando ele foi apresentado a ela na casa dos Meriton — ela havia hesitado em aceitar seu cumprimento. John estava dando o troco? Ou a etiqueta dos negócios era diferente da social? A postura dela era superior, para disfarçar o desconforto que estava sentindo (John não aparentava perceber isso), o rosto era como uma máscara enquanto ele gesticulava para que ela se sentasse. Então John esperou que Ava falasse, o que sempre é desconfortável. Houve um silêncio por alguns minutos, então Ava disse:

— Certas circunstâncias aconteceram que tornam necessário que eu ganhe algum dinheiro. Então me lembrei de sua palavra...

— Espero que eu possa ser útil para você.

A voz dele tinha o tom desinteressado de uma pessoa entrevistando um de muitos candidatos para uma vaga. Ava ficou tensa. Ele pegou um bloco e um lápis e perguntou:

— Quais são suas habilidades?

Ela ficou ainda mais constrangida.

— Eu... não sei ao certo.

— Você sabe datilografar?

— Hã... Não...

Ele anotou: "Não".

— Sabe estenografar?

— Não... é claro que não!

Ele anotou isso também, e então fez uma pausa e olhou para ela. O coração de Ava começou a bater forte contra o peito.

— Talvez eu pudesse lidar com as cartas — ela disse. Ele não parecia a mesma pessoa que conhecera na Califórnia, aquele sério homem de negócios! Tinha um ar de inquisidor!

— Você quer dizer catalogar as cartas? É uma arte e tanto.

— Bem, suponho que eu possa aprender.

— Certamente, com o tempo. Mas não agora; você poderia cometer erros graves.

— Bem, o que farei então?

— Talvez você possa ler todos os jornais e marcar qualquer coisa que faça menção a certas questões sobre as quais a srta. Shrimper a instruirá. Então basta recortar os parágrafos e anexá-los.

— Suponho que até um idiota poderia fazer isso. — Ava estava quase indignada. A humilhação que sentiu ao se dar conta de sua própria incompetência aumentou ainda mais seu ressentimento.

John Gaunt sorriu — foi a primeira vez que sua boca severa relaxou.

— Não, é exatamente isso o que um idiota não poderia fazer: selecionar bem requer que certas faculdades críticas tenham sido desenvolvidas, e é possível que sua criação tenha feito isso por você. Mas não tenho certeza; você terá que usar seu intelecto e seu interesse pelo assunto.

Ava o encarou.

— Saberei em mais ou menos uma semana se você é inteligente o bastante ou não — John acrescentou, analisando-a.

O sangue de Ava ferveu. Que aquele homem, tão abaixo dela, ousasse sugerir que sua inteligência não estivesse à altura! Ela ficou possessa.

— Como se atreve!

— Talvez me atreva a dizer a verdade, então. Nos negócios, não temos tempo para lidar com mentiras. Você tem muitas coisas para aprender.

Ava estava ciente de que não tinha poder algum sobre ele; ele não se sentia atraído. Para ele, ela era apenas uma pessoa que talvez contratasse, caso se mostrasse boa o bastante! Ela se revoltou. Ele ia ver só! Era por aquele homem que chegara a ter sentimentos?

— Muito bem — disse Ava por fim, sem olhar para John. — Eu aceito esse cargo de... hã... leitora seletiva, se você quiser. Não porque eu quero, mas porque preciso trabalhar.

John Gaunt deu de ombros de forma quase imperceptível e escreveu algo no bloco antes de erguer o olhar desinteressadamente.

— Sobre o salário...

Ele mencionou uma quantia semanal que teria feito a srta. Shrimper e o resto se revoltarem, tão desproporcional que era ao trabalho, mas para Ava pareceu uma quantia muito baixa. A mente dela começou a calcular quantas semanas seriam precisas para juntar o dinheiro para pagar Rosenbloom, já que ela precisava também se sustentar e pagar Mary.

— Obrigada. — Ela se levantou. — Quando começo?

— Amanhã. É sábado, e talvez seja bom para você, já que é o dia de pagamento. Todos os funcionários são pagos aos sábados.

Aquilo seria um aumento considerável aos vinte dólares que ela possuía no momento, então Ava aceitou friamente.

Ela não repetiu o erro de estender a mão, mas passou rapidamente pela porta que John, com um cumprimento reservado e até mesmo altivo, manteve aberta para ela.

— Srta. Shrimper — disse ele quando a "srta. Clover" passara —, criei um cargo para esta moça. — E explicou tudo para a secretária. — Garanta que ela receba ajuda de todas as maneiras possíveis e que seja bem tratada. Entendeu?

A srta. Shrimper entendeu, sim. Ela sabia muito bem o preço da menor desobediência.

Mas, quando as outras funcionárias ouviram a notícia, houve um burburinho — e quase todas decidiram se vingar da mulher que conseguira o cargo que qualquer uma delas amaria ter.

Quando John Gaunt se sentou sozinho mais uma vez em sua cadeira de couro verde, Cleópatra, rainha dos gatos, se esticou e, lânguida, escalou o joelho dele. Ele ponderou enquanto acariciava a cabeça dela.

— Levará mais tempo do que pensei, porque eu a perderia de novo se ela acreditasse que me sinto atraído. Vocês todas se parecem, Cleo. Te chamei agora mesmo e você não veio. Te afastei com o pé ao passar e você instantaneamente quis subir no meu joelho. Preciso me controlar para que ela não perceba como me sinto!

A gata ronronou, indiferente, seu conforto físico se manifestando.

Então John bloqueou todos os pensamentos sobre Ava e se concentrou nos negócios, como era seu hábito.

E Ava pegou um táxi, mesmo não tendo dinheiro suficiente, e seguiu até o metrô do Brooklyn; o local do escritório de John Gaunt não a obrigava a passar por ruas onde poderia encontrar pessoas que a conheciam enquanto ia e vinha da casa de Mary. Estava determinada a nunca se aventurar além daqueles dois locais.

Ela ainda estava perturbada, mas perturbação não quer dizer indiferença, é apenas a reação ao encontro com um objeto de interesse! E Ava já vinha nutrindo um sentimento desconhecido acerca de John Gaunt.

A velha Mary havia preparado o almoço, bacon, ovos e um pouco de café. O cheiro era muito bom, e as cortinas vermelhas pareciam alegres com os potes de gerânio entre elas em cada janela.

Ava caminhou do metrô com uma leve cor em suas bochechas pálidas.

— E então, querida? — quis saber Mary.
— Receberei cem dólares por semana.
— Meu Deus! — Mary arfou. — Isso não pode estar certo, srta. Ava!

Então ela soube que seu salário estava muito acima da posição, e isso a fez pensar. O primeiro impulso foi voltar ao escritório e recusar o cargo, mas Rosenbloom e Larry vieram à sua mente. Além disso, começara a chover, e ela não queria sair de novo. O melhor a fazer era engolir o orgulho. Mas o que aquilo tudo dizia sobre o sr. Gaunt? *Eu sei*, ela pensou amargamente a princípio, *é só para que, se Constance e Clarence ficarem sabendo, ele pareça generoso aos olhos deles!* Mas por um momento ou dois ela soube que aquela não era a razão, e sim sua pele. Os homens eram todos iguais.

Ava pegou uma meia de lã e perguntou a Mary como cerzi-la. A manhã lhe sugerira uma coisa: era melhor aprender, se educar. Se não estivesse chovendo, teria saído e comprado uma máquina de escrever. Estava determinada a aprender a usá-la até o fim da quinzena.

Então, depois de um tempo, foi tomada pela vontade de seu drink das quatro horas. E, como não era tola, começou a analisar como o vício abalava seu espírito. Mary teve que sair para entregar seu trabalho e a deixou sozinha mais ou menos às quatro horas. O prédio era antigo, com lareiras abertas em alguns dos cômodos, e o pequenino apartamento tinha esse luxo; Ava não acendeu o gás. Ficou sentada, olhando para as chamas brilhantes do carvão, e começou a sonhar, meio acordada, meio adormecida. Estava mais feliz ali do que fora nos últimos cinco anos. O fingimento que tivera que encenar para manter sua posição na sociedade não era mais necessário — agora, podia ser quem era de verdade. *Querida velha babá, sempre tão a postos!*, ela pensou carinhosamente. E então adormeceu.

## IX

Larry teve várias semanas livres antes de começar seu trabalho em São Francisco. O trabalho era leve; ficava em uma sala de espera bem-equipada, comandando com arrogância todos os funcionários abaixo dele, ou fazendo companhia a homens importantes em restaurantes. Ele era simpático com a maioria das pessoas que entravam, se elas não o irritassem. Se irritassem, ele era arrogante, e isso logo chegou aos ouvidos de John Gaunt, que anotou em um livro que ele mantinha para registrar o comportamento de seus funcionários. Larry não era ruim, apenas egoísta e frouxo, resistindo a seus impulsos com palavras corajosas por um dia ou dois, e então se rendendo a eles; mas possuía um dom para palavras que sempre convencia Ava, Constance ou qualquer um para que achasse que estava certo, que o que buscava era certo, e que qualquer um que se opusesse estava completamente errado. E às vezes conseguia até fazer parecer que Ava tinha sido maldosa por duvidar dele! Larry também tinha chiliques e atacava com palavras aqueles que mais amava — isto é, se alguém como ele realmente amasse alguém. Seu discurso ardiloso tinha uma qualidade tão impecável que ele conseguia até mesmo *se* convencer de que tudo o que dizia era verdade. E com uma vaidade absurda, que fazia com que se convencesse que tudo o que conseguia era por próprio mérito, adicionada ao imenso charme físico, não era de se espantar que a vida sempre parecesse boa para ele. Se sua irmã tivesse que fazer alguns sacrifícios, bem, que pena. As mulheres foram feitas para servir os homens! E ponto final! Quando Larry recebeu a carta de Gracie Davenport contando-lhe de forma cautelosa sobre o resultado do flerte no escuro jardim, ele sorriu e respondeu.

*Querida, se eu estivesse em Nova York, te beijaria. Mas como não estou, flores — orquídeas — falarão por mim, e mandei um telegrama para Herb e Conklin, o velho e disposto Conklin!, para irem te visitar e ver como está seu tornozelo. Até breve!*

*P.S. Ouvi dizer que o hotel Red Moon reabriu. Te encontro lá depois, querida. Se anime, docinho!*

*Seu eterno venerador, Larry*

A única pessoa que o dominara um dia fora Lo-Lu. E, conforme se envolviam, suas piores qualidades se intensificavam. Lo-Lu não era uma boa pessoa, e certos pozinhos brancos e drinks bem-feitos serviam como feitiço. Ela tinha uma personalidade estranha e magnética que afetava negativamente as pessoas das quais se aproximava. Lo-Lu tinha uma paixão sexual selvagem por Larry, então no momento não era tão perigosa quando poderia ser. Se mudou de Santa Barbara para São Francisco para ficar perto dele e se juntou aos parentes por parte de pai, que mantinham uma misteriosa loja de chás em Chinatown. O salário da primeira semana de trabalho de Larry foi parar lá, assim como os das semanas seguintes.

Constance Meriton estava se passando por tola, e a indiferença dele aumentava ainda mais a paixão dela. Mas se Constance era boba, era do tipo boa, e durante esse tempo agiu para influenciar positivamente o rapaz. Às vezes, as pessoas que possuem o "It", o charme, são membros muito perigosos da sociedade!

Larry era um perigo, em especial para uma mulher de emoções fortes e que tinha um marido como Clarence, de hábitos desagradáveis.

— Me pergunto quantos respeitáveis homens de negócios perdem suas esposas — uma vez o velho Conklin Randolph disse para Larry de sua forma acadêmica e cínica. — Eles são tão burros, nunca usam o cérebro para pensar em sentimentos como pensam em dinheiro e ações, garoto. As chances são de dez para uma que as lindas mulheres perfumadas, bem-cuidadas e bem-vestidas com as quais se casaram, não reajam bem quando suas vontades não são supridas. Deus me abençoe, garoto! Eles, com seu cheiro de uísque e de charuto, deixam as adoráveis criaturas devastadas, prontas para ouvirem e serem consoladas por mim e por você!

Larry sempre fez bom uso desse conselho.

*O que são charutos?*, pensou ele. *Um prazer breve, não pelo gosto, mas pelo que causa. Mas não são tão estimulantes quanto beijos. O que é uísque? Em grandes quantidades nos faz ficar nauseados. A sensação de moças querendo desistir de tudo por mim é muito mais intoxicante.*

Então ele nunca bebia muito, nem nunca negligenciava seu corte de cabelo perfeito que fazia seus lindos cachos castanhos queimados de sol exibirem curvas, sempre se vestia bem e nunca esquecia o perfume ao tomar banho. Sabia que os sentidos das mulheres são muito refinados, e sabia como manipulá-las — uísque e charutos fortes não ajudavam. Mas, embora maneiras óbvias de estimulação não o atraíssem, os pós brancos o haviam conquistado.

O vício se disfarça sob um nome ou outro — humanos almejam sentir quando suas almas estão adormecidas!

Há várias pessoas que, como Larry, estão viciadas.

# X

Ava escolheu um vestido preto simples e o chapéu preto de feltro para seu primeiro dia de trabalho. Chegou ao escritório apenas oito minutos atrasada, mas ficou indignada ao ver que isso fora anotado por sua chefe.

A própria srta. Shrimper a encontrou e a levou para um espaço pouco além da porta do escritório dela, onde uma cadeira confortável fora colocada perto da janela e uma mesa a esperava cheia dos jornais da manhã — e dos da noite anterior.

Ava colocou o casaco e o chapéu em um banco próximo; não os deixara no vestíbulo, onde todos os outros vinte e dois chapéus e casacos estavam pendurados. A srta. Shrimper reparou e disse:

— O sr. Gaunt não vai gostar disso, srta. Clover.

Ava corou até perto da raiz de seu cabelo preto. Que idiota por ter se colocado na posição onde podia ser repreendida por uma secretária!

Ela se fez de boba; não havia visto o vestíbulo! Mas é claro que colocaria suas coisas lá a partir de agora.

A srta. Shrimper a acompanhou e mostrou-lhe o gancho.

— Você é a número vinte e três — anunciou com condescendência.

— Número vinte e três! — De alguma forma, isso irritou Ava. A vigésima terceira funcionária do sr. John Gaunt!

A maioria das outras não a olhou com gentileza. Apenas Amy Jacobs sorriu, dando as boas-vindas.

Ava não tinha certeza de qual era a etiqueta no escritório; deveria cumprimentá-las? Ignorá-las? O que mais? Ela não faria nada naquele primeiro dia, exceto sentar-se quietinha na mesa. Não queria se destacar. Já percebera que era da alta sociedade apenas por um acidente do destino, e que muitas deviam ser mais espertas que ela para conseguirem fazer seu trabalho. Ava começou a ler o *American*. A srta. Shrimper explicara a ela em quais colunas era provável que encontrasse referências sobre o assunto dos negócios deles, mas a mente de Ava divagou. Será que John Gaunt viria naquela manhã e não a cumprimentaria? E o que ela precisaria fazer para mostrar a John que ele não valia um centavo para ela?

Não fazer nada era a melhor escolha.

Quando o relógio bateu dez horas, John chegou, como de costume. Ava percebeu como o ambiente mudou. Ele teria que passar ao lado da cadeira dela. Ava manteve a atenção nos jornais até que ele estivesse perto, então ergueu o olhar por um segundo — John deu a mais leve inclinada de cabeça, pouco menos do que um cumprimento. Ela o devolveu com uma leve arrogância. John seguiu para o escritório da srta. Shrimper e do sr. Brunwell e fechou a porta. Ava ficou furiosa consigo mesma porque sentiu que seu coração estava batendo rápido demais.

Poppy e Phyllis sussurravam:

— Não parece que se conhecem.

— Nunca se sabe — Phyllis respondeu. — Talvez só estejam disfarçando!

Quando a hora do almoço chegou, Amy Jacobs perguntou à srta. Clover se ela gostaria de acompanhá-la até o restaurante Childs, mas Ava recusou. Estava comovida pela cordialidade. Não queria almoçar, informou.

— É só pra poder estar ali quando o chefe passar — disse Poppy para a srta. Gimble, que se juntara ao grupo. — Pena que não sabe que ele sai pela porta dos fundos!

Por meia hora Ava ficou sentada. Será que conseguiria aguentar aquilo por três meses? Ela nunca odiara tanto algo na vida.

Então, lembrou-se de todos os meses anteriores vivendo de maneira fútil — e não apenas os meses, mas os anos antes disso —, sem outro objetivo além de seguir em frente, e comer e beber e fumar e esperar que um golpe de sorte lhe desse um marido que tivesse dinheiro e que não lhe causasse nojo. Qualquer coisa elevada ligada ao espírito sempre fora deixada de lado. Era relegada aos sonhos e não à realidade.

Aquelas garotas estavam ali produzindo, pondo em prática sua inteligência e, se levasse em conta a criação, Ava era então melhor do que elas, não pior. Ela faria sua tarefa com todo o esforço, não reclamaria nem sentiria pena de si, e no dia seguinte compraria uma máquina de escrever para treinar durante a noite e levaria consigo um livro sobre psicologia para ler no horário de almoço. O ensino de Ava tinha base em um punhado de coisas que estavam em voga durante o período em que estudou no colégio da srta. Westbury, e ela não ia à Europa desde que era bebê. De repente, Ava se sentiu muito pequena.

Será que John Gaunt passaria por ali ou havia outra porta? A srta. Shrimper deixara a dela entreaberta ao passar, e aquela além do escritório do sr. Gaunt deveria também estar destrancada, pois Cleópatra apareceu e encarou a recém-chegada com grandes olhos amarelo-esverdeados.

— Ah! Que criatura adorável — exclamou Ava. — Gatinho! Gatinho!

Cleópatra se aproximou e insolentemente afiou as garras no couro da cadeira de Ava antes de pular sobre os joelhos da moça e ronronar.

Se John Gaunt tivesse presenciado a cena, pensaria ser um bom sinal.

*

Mais uma semana se passou sem que ele falasse com Ava, embora passasse pela cadeira dela todos os dias. O cumprimento agora era um mero movimento das pálpebras, mas, quando chegava ao próprio escritório, John se sentava e juntava as mãos com força, olhando para a porta tão intensamente que alguns raios de seus olhos verdes deviam atravessar a madeira, pois Ava sempre experimentava aquela fraca sensação de excitação e inquietação. Tinha sido uma semana de humilhação para ela, e a hostilidade das garotas não havia diminuído apesar daquelas que se dignaram a falar com ela e que recebiam respostas graciosas e educadas. Havia algo de estranho na aparência magra e vestida de preto que era Ava, sentada ali na sala ao lado, separando seus recortes, a mente inteira concentrada no trabalho e, a não ser que se dirigissem a ela, Ava nunca dizia nada.

A srta. Shrimper não tinha do que reclamar, e olha que ela queria muito encontrar um defeito. Os parágrafos eram entregues perfeitamente alinhados, colocados sobre a mesa, e toda noite Ava praticava a datilografia.

A principal determinação em sua mente era aprender a datilografar. Ela passava toda noite praticando e ao fim da segunda semana já havia dominado a técnica, precisando apenas aumentar a velocidade. Ficou feliz, apesar de ter consciência de que poderia levar um ano para se tornar tão boa quanto a srta. Shrimper.

Uma noite, quando o clique, clique, clique soava havia uma hora, Mary disse para ela:

— É tão triste, querida, te ver se esforçando assim. Você é bonita como uma margarida e poderia se casar com um homem que a sustentasse.

Mary era muito triste por Ava ainda não ter se casado.

— Mas e seu não quiser um homem para me sustentar, Mary? E se eu não quiser me casar?

Mary balançou seus ombros magros e então juntou as mãos calejadas enquanto observava o fogo e soltava um longo suspiro.

— Eu mesma nunca quis me casar e não consigo ver que benefício isso me trouxe. Sou uma velha agora e preciso continuar trabalhando quando poderia estar sendo sustentada e descansando se tivesse aceitado a proposta que me fizeram há trinta anos.

Ava parou de datilografar.

— Não estou dizendo que não é certo ser fiel às suas opiniões. Só estou dizendo que estou cansada e não quero que você também fique, querida, quando estiver perto dos sessenta anos. E, em sua classe social, um casamento por interesse não é difícil de encontrar.

Ava não respondeu.

Mary a olhou de cima e agarrou-lhe as mãos.

— O mundo é difícil, ainda mais com esses zés-ninguéns chegando ao poder. As coisas estão mudando, e não ter que pensar no que vai comer é uma dádiva. Por que você não conquista esse sr. Gaunt, srta. Ava?

Ava enrubesceu. Ela odiava ter que admitir até para sua amada babá que o sr. Gaunt havia demonstrado ser indiferente ao charme dela.

— Mesmo se eu conseguisse, ele nunca me pediria em casamento agora que sou apenas a "número vinte e três" na mente dele.

Mary balançou a cabeça.

— Você não quer que eu acredite que vale menos do que as outras vinte e duas. E os homens de negócios estão sempre de olho nas funcionárias; isso poderia levar ao casamento. Estou aprendendo muitas coisas desde que deixei a casa de seu pai, e cheguei à conclusão de que não vale a pena tentar ser algo que não se é. Na sua idade, é melhor garantir que não vai morrer de fome. O sr. Gaunt pode não ser como o seu pai ou como o sr. Larry, mas ele tem dinheiro.

— Ah! Também estou aprendendo, babá. — Ava deixou a datilografia de lado e se jogou no sofá enquanto colocava uma almofada de algodão vermelho sob a cabeça. As palavras de Mary haviam aberto uma perspectiva para ela; expressaram seus pensamentos em voz alta, certa de que teria a empatia da mulher mais velha, embora nem sempre seguisse seus conselhos. — Às vezes me pergunto se tenho a coragem de seguir lutando para proteger uma virtude que ninguém acredita que possuo. Seria moralmente errado me entregar, ou é apenas um preconceito da sociedade?

Mary balançou a cabeça, e Ava prosseguiu:

— Ou é meu orgulho que me impede? Eu poderia ser amante de vários homens ricos. Nosso mundo é tão maldoso, falso e podre quanto qualquer outro. Talvez eu ainda seja boa, babá, só porque não fui muito tentada; ou talvez seja apenas orgulho o que não me deixa buscar um casamento por interesse. Mas o que me mantem longe da outra coisa... Eu nunca, nunca poderia deixá-los me tocar. Será que um dia conseguirei?

— Bem, essa é a primeira coisa que vai querer, querida, quando você estiver apaixonada.

— Acho que sim.

Inquieta, Ava moveu a almofada debaixo da cabeça. E se John Gaunt a assediasse como Clarence fizera? Ela seria capaz de resistir?

*É muito fácil acreditar que está seguindo um princípio quando não se é tentada*, pensou ela, e, além do mais, John não fizera quaisquer propostas!

Agora, Ava falava outra vez com Mary:

— Babá, quando voltei da Califórnia sem um centavo para comprar carvão, decidi que viria até você. Agora, cem dólares por semana ajudarão. O trabalho odioso vale a pena... E com Larry se sustentando... Certamente conseguirei poupar e pagar parte da dívida com a Claribel e voltar à civilização, e então, ah! Babá, prometo que tentarei me casar, mesmo que tenha que aceitar Carlton Hanway! É horrível ter dívidas. Dívida que fiz para comprar roupas, ainda por cima. Que arrependimento!

Mary estendeu uma mão enrugada e acusadora.

— Ah, srta. Ava, você precisava se vestir à altura das outras damas. Odeio vê-la usando vestidos pretos e simples o tempo todo...

— Não, Mary, precisamos encarar os fatos. Tenho sido uma idiota. Aquelas garotas no escritório, trabalhando o dia todo e sempre bem-arrumadas são uma ótima lição para mim. Eu nunca mais terei algo pelo qual não possa pagar. Já somos malvistos sem dever aos outros. Tendo essa dívida, então... Garanto que já fui punida, babá.

— Bem, rezarei por você, querida. Rezarei para que você seja feliz e rica, e com novos Larrys e Avas para eu cuidar. Serei melhor do que nunca, querida. Não sou tão velha assim, de verdade, só tenho cinquenta e nove anos!

Havia compaixão na voz da irlandesa, o que tocou Ava profundamente. Ela se aproximou e a abraçou, as lágrimas em seus olhos azuis parecendo estrelas.

## XI

John Gaunt sabia como jogar qualquer jogo. Ele tinha um senso de Vantagem — o ingrediente "X", assim como o "It". Ele sabia como atacar e depois esperar. E neste jogo, embora a espera fosse muito difícil, percebeu que era o rumo mais sábio. Nenhum movimento em falso impediria o objetivo final. Mas dois dias depois ele parou na mesa de Ava enquanto passava pelo escritório antes de as garotas irem embora à tarde.

— Tenho relatórios de São Francisco a respeito do seu irmão, srta. Clover — anunciou ele.

Ava ficou imediatamente interessada. Larry havia escrito a ela novamente ainda naquela manhã, implorando por mais dinheiro! John disse apenas que o relatório não era favorável. Ava disparou.

— Larry é muito mal compreendido.

O sr. Gaunt sorriu.

— Você poderia escrever para ele e o persuadir a trabalhar melhor. Ele está sendo pago por algo que não está fazendo. Sempre ouvi dizer que a alta sociedade era confiável. Seu irmão não está sendo muito confiável.

Ava corou. Ela não tinha nada a dizer. Não podia defender a alta sociedade em sua atual posição. Percebeu que era mais uma questão de "fazer o que fosse preciso".

— Escreverei para Larry. — Ela baixou o olhar.

John a observou. Percebeu que as narinas dela tremiam, mas que as mãos permaneciam paradas.

Uma irritação enlouquecedora tomou conta dele. Teria amado sacudi-la e então beijá-la até a morte.

Ele deu as costas e voltou a entrar no escritório, fechando a porta.

A srta. Shrimper ergueu a cabeça. Ela sabia que quando a porta estava fechada significava que o chefe estava irritado. O que a srta. Clover fizera?

O rosto de Ava tinha sua palidez habitual e agora ela pegava a tesoura de novo. A srta. Shrimper queria saber o que havia acontecido.

John Gaunt se sentou na cadeira e nem chamou por Cleópatra. Ele deveria fazer sua primeira jogada ou logo seu beija-flor voaria para longe. Sabia que ela não aguentaria ter seu orgulho ferido por muito mais tempo. Mandou buscar Chang, que trouxera do apartamento algumas cartas.

— Onde a srta. Cleveland mora, Chang? É o mínimo que você deveria ter descoberto a essa altura.

Chang havia acabado de conseguir a informação e a entregou em silêncio. A srta. Cleveland estava hospedada com sua velha babá em um apartamento pobre, em um prédio sem elevador, em uma parte velha do Brooklyn, não muito longe de uma das instituições do sr. Gaunt para crianças com deficiência. Ava era discreta, e isso era tudo o que ele, Chang, conseguira reunir, mas continuaria pesquisando.

— Quero saber de todos os passos dela, Chang.

— Sim, senhor.

John assentiu e Chang se retirou. Então, sozinho, John ficou ansioso. Tocou o mata-borrão com seu estilete impacientemente, enquanto as veias em suas têmporas saltavam. Em seguida, foi à janela e olhou para fora. O escritório ficava no nível da rua. As funcionárias estavam começando a sair do prédio. O relógio batera às cinco, e os grupos tagarelas passavam logo abaixo dele. Ava passou de cabeça erguida, com seus lábios vermelhos crispados.

    John a observou atentamente. Um cavalheiro mais velho estava vindo da direção oposta. Era Conklin Randolph. Os dois se encontraram logo abaixo da janela. Ava se assustou enquanto o sr. Randolph pareceu igualmente surpreso. A saudação foi cordial.

    Uma onda de ciúmes tomou conta de John Gaunt. Ele teria preferido que, ao se esconder, Ava ficasse à sua mercê. Em seguida julgou, pela cena, que a moça estava dando uma explicação. O rosto do sr. Randolph estava preocupado. John viu a srta. Cleveland balançar a cabeça. Talvez ela estivesse pedindo a esse velho amigo que não comentasse sobre o encontro com ninguém. Eles se separaram, e Conklin Randolph passou pela janela com um ar preocupado, mas não ergueu a cabeça nem mostrou qualquer interesse pelo prédio. Com isso, John deduziu que Ava não contara ao sr. Ranldoph que trabalhava naquele prédio, nem que era sua funcionária.

    Ele andou de um lado a outro no escritório por alguns minutos, e então usou sua linha privada para falar com a srta. Shrimper.

    — Me conecte com Chang imediatamente. Ele está nos arquivos pegando um documento da contabilidade.

    A srta. Shrimper obedeceu.

    — Vá até a máquina de escrever, Chang — disse John —, e digite as seguintes palavras: "Com reverência e simpatia, de um velho amigo". Você vai então endereçar o recado para a srta. Ava Cleveland no apartamento onde ela mora. Depois, irá até o melhor florista da Quinta Avenida e pagará adiantado por seis rosas vermelhas perfeitas a serem entregues a ela toda manhã de segunda e quinta-feira por dois meses.

Chang seguiu sem falar nada, o chefe parecia ponderar sobre algo.

— Pode ser que a srta. Cleveland o tenha visto aqui, portanto não vá você fazer as compras. Mande outra pessoa.

Chang concordou, e a ligação foi interrompida. O sr. Gaunt agora se sentia disposto a dar atenção à Cleópatra e fazer carinho em suas orelhas enquanto ela ronronava. Ele arriscara, da forma que arriscava nos negócios quando dava uma grande tacada. Observara o semblante de Conklin Randolph e percebera sua expressão gentil. Era bastante provável que um homem bom, como ele sabia que o sr. Randolph era, ficasse preocupado e decidisse enviar-lhe algumas flores vez ou outra para alegrá-la. E, mesmo que ela não tivesse dado seu endereço, ou mesmo um motivo para seu exílio, era possível que ele pudesse tê-lo conseguido para mostrar seu carinho por ela. Dali dois dias seria quinta-feira, e então ela faria a conexão das rosas com ele. De qualquer forma, as flores enviadas da Quinta Avenida provavelmente não sugeririam que ele, John Gaunt, era o admirador.

Então, um desejo pela garota o preencheu, e inconscientemente ele apertou a orelha de Cleópatra. A gata sibilou e mordeu seu o dedo, sem agressividade, apenas magoada. A cauda dela se enrolou com dignidade ofendida. John riu.

— No final das contas, Cleópatra, você é apenas uma mulher!

Enquanto isso, Ava chamara um táxi e seguia para o metrô do Brooklyn. Que aborrecimento encontrar Conklin Randolph! Querido velho Conklin, que fora amigo do pai dela. Mas que bom que ela não mentira; ele era de confiança, e Ava podia contar com sua discrição se o assunto da Virgínia surgisse. Os pensamentos dela voltaram para Larry. Que péssimo ele não trabalhar direito e que errado John insultá-la por conta disso.

*Ele é pior do que pensei ou está fazendo isso de propósito. Mas para quê?*

Aquilo era um mistério para ela, pois o objetivo que os homens em geral tinham em mente em relação a ela não poderia ser o dele — ou ele não seria tão frio o tempo todo.

Mesmo se um dia mudasse, não havia perigo. Ava não queria deixar que John a afetasse. Ela realmente acreditava que conseguiria ser indiferente — indiferente, é claro, com uma pitada de irritação e ressentimento!

Oferecer emprego, quando sabia sua posição na sociedade, tinha sido horrível. E então, quando Ava aceitou a proposta, tratá-la com tanta frieza. Se algum dia ela tivesse a chance de dar o troco... ah! Seria um prazer! Mas por quanto tempo Ava aguentaria essa vida? Março parecia estar tão longe! Mas havia o dinheiro, os cem dólares por semana, e Larry estava implorando por mais... E ainda existiam pessoas que achavam essa vida fácil! Como assim? A dela sempre fora cheia de confusão, humilhação, um pouco de animação e cheia de insultos. Nunca havia paz ou segurança. Malditos, malditos dólares por serem o único caminho para a liberdade!

Mas como é que um irmão dela poderia ser tão imprudente como Larry era? Os dois tiveram a mesma educação. E, de qualquer forma, o que é que formava caráter? Por que ela não gostava de certas coisas quando as outras pessoas pareciam gostar? Por que ela nascera com um rosto e um corpo que enchiam os homens de desejos, se eles só lhe causavam nojo? Por que ninguém parecia perceber que a alma era muito mais importante para ela?

Assim que se livrasse da confusão em que estava metida, Ava nunca mais entraria em outra, mesmo que tivesse que morar com Mary por anos para conseguir se sustentar. Havia inúmeras coisas interessantes para fazer com o tempo livre. Livros para ler, assuntos para estudar. Museus para visitar. E não ser serva de ninguém! Não depender dos ricos, e estar sempre irritada por aceitar o favor de banquetes e festas e visitas — que não poderia retribuir. A vida simples, ganhando seu próprio sustento, sem ser funcionária de nenhum John Gaunt — livre!

Ava apertou o passo. O vento frio soprava em seu rosto, mas ela se sentia revigorada. Porém, assim que pensou em Larry, sentiu tontura. Larry, seu irmão amado, sempre seria um peso em sua vida. A não ser que ele se casasse com uma mulher muito rica...

Sim, mulheres não podiam ser livres. Nasciam para servir sempre. A algo ou alguém!

# XII

Cedinho na quinta-feira, antes de Ava sair para o escritório, Mary levou a ela uma bonita caixa de flores vinda de um famoso florista na Quinta Avenida. Um dos garotos da loja entregara, disse Mary. Quem poderia ter enviado? A princípio, Ava sentiu uma pontada de medo. Alguém sabia onde ela estava? Enquanto isso, Mary pegou as seis rosas vermelhas absolutamente perfeitas; os caules não eram muito longos para um vaso pequeno, e tinham a aparência de terem sido especialmente selecionadas, cada botão cuidadosamente envolvido em papel de seda. A breve nota datilografada que as acompanhava dizia: "Com reverência e simpatia, de um velho amigo".

Ava se sentiu aliviada.

— Mary, quem as enviou foi Conklin Randolph. Eu o encontrei na terça-feira quando saía do escritório, e ele prometeu que não diria uma palavra. — E então ficou pensativa. — Mas não consigo me lembrar de ter dado a ele meu endereço. Eu só disse que estava com você, acho, mas suponho que devo ter comentado...

— São botões de flores dignos de exposição, querida! — Mary exclamou enquanto pegava a última. — Nunca vi tão lindas, nem tão vermelhas! Você vai usar uma, querida, para dar sorte...

Ava a prendeu no colarinho de seu casaco preto.

— Bem, estamos precisando de sorte, Mary!

Apesar daquela segunda carta de Larry, implorando desesperadamente por uma ajudinha, as flores melhoraram o humor de Ava. Mas, depois que ela saiu no ar gelado de dezembro, ele tornou a piorar. Não conseguiria pagar a Rosenbloom e ainda ajudar o irmão. Pegou a carta dele e a leu outra vez. Se pudesse adivinhar no que o dinheiro fora de fato gasto, teria mesmo se sentido perturbada, pois a carta apenas mencionava azar nas cartas e sugeria que, se Ava conseguisse juntar quinhentos dólares ou até menos, então Larry poderia investir na rica viúva Bromworth. Mas, se soubessem que ele não pagava suas dívidas, estaria arruinado. O colar de pérolas que Ava tinha desde a infância estava ao redor de seu pescoço. Ela teria que vendê-lo ou penhorá-lo, e talvez conseguisse mais que quinhentos dólares. A metade deveria ir para Larry, e o restante para Rosenbloom, embora míseros duzentos e cinquenta dólares fossem uma gota no oceano da dívida. No horário do almoço, ela tentaria vender ou penhorar a joia.

Através da janela de seu escritório, John Gaunt a observou chegar — tinha chegado bem mais cedo só para isso. Pelo jeito, calculara bem a entrega das flores, pois havia uma de suas rosas vermelhas no casaco dela. Ava não suspeitava dele. Os olhos verdes de John se estreitaram em satisfação; ele precisava inventar alguma desculpa para fazê-la entrar em seu escritório...

Todas as moças repararam na rosa enquanto Ava passava pela grande sala até sua mesa. Agora, ela a retirara do casaco e a prendera no vestido. Poppy e Phyllis estavam especialmente interessadas.

— Na primeira chance que tivermos, vamos segui-la e ver aonde ela vai — disse Poppy, e Phyllis concordou.

A campainha da srta. Shrimper soou, e seu rosto ficou sério enquanto escutava a mensagem. Ela se virou para Ava.

— O chefe quer te ver no escritório dele, srta. Clover, e você deve levar o que recortou hoje.

John Gaunt estava sentado à mesa quando Ava entrou, segurando os recortes. Ela ficou parada e olhou com indiferença por sobre o ombro dele, para o painel da parede. John começou a sentir seu espírito briguento se agitar.

— Quero que você mesma selecione os assuntos relacionados depois de cortá-los, em vez de a srta. Shrimper gastar o tempo dela com isso. Você consegue?

— Certamente, se você quiser...

— Eu quero, então.

Ava fez uma reverência e um movimento que indicava que estava prestes a partir.

— Que rosa linda, senhorita... é... Clover... Eu cultivo rosas na minha casa em Hudson, mas acho que não tenho nenhuma desse tipo. Posso dar uma olhada?

Ava tirou o botão da roupa e o entregou a ele com um ar desinteressado. John o examinou com aparente curiosidade, e então perguntou:

— De onde veio? Você sabe?

Ava ficou tensa.

— Um velho amigo me enviou, de uma floricultura... Ele se compadeceu da minha situação...

— Situação? Seus amigos pensariam menos de você se soubessem que trabalha?

Ava olhou para ele com um pouco de sua antiga superioridade.

— Talvez sim, talvez não, mas não quero que eles saibam por enquanto. Quando eu terminar e voltar para eles, talvez conte sobre minhas experiências.

— E têm sido experiências ruins?

Ava deu de ombros.

John estava se esforçando para que ela continuasse ali com ele. O comportamento dela era quase de indiferença insolente, e estava começando a enlouquecê-lo.

— Aqui está sua rosa. — E John a devolveu para Ava. Ela aceitou, tocando as pétalas com carinho enquanto tornava a prendê-la no vestido. — Ele deve ser um homem de sorte para saber até seu endereço...

— Talvez ele seja.

O estranho brilho enigmático voltou aos olhos de John. Ava não conseguiu determinar o que significava, e ficou irritada, mas mesmo assim ela estava consciente de que alguma força poderosa a atraía para ele. De novo, ficou animada. John Gaunt ainda a observava, mãos que cortavam os recortes de notícias com maestria — elas o atraíam muito. Na verdade, tudo em Ava o atraía.

— Quer jantar comigo no próximo domingo? — ele perguntou de repente.

Ava permitiu que seus olhos se arregalassem de surpresa diante da presunção dele, e respondeu em um sussurro:

— Não estou saindo, obrigada. — Então, profissional, prosseguiu: — Mais alguma coisa? Ou posso voltar ao trabalho?

O rosto de John ficou muito sério. Ele apenas inclinou a cabeça, dando permissão, e Ava saiu da sala.

— Ela *vai* jantar comigo — ele murmurou, e escreveu um telegrama para São Francisco.

Quando Ava chegou em sua cadeira na sala ao lado, não conseguia se concentrar. O que John queria convidando-a para jantar? E não seria maravilhoso poder aceitar? É claro que fizera certo em recusar, mas... E ela se perguntou como seria a casa dele, ou será que ele a teria convidado para ir a um restaurante? A tesoura dela cortou uma coluna do jornal ao meio — isso a fez se recompor.

John estava olhando pela janela, se perguntando se Ava sairia. Tinha uma câmera nas mãos, pronto caso acontecesse. Ela saiu e caminhou bem devagar, como se estivesse preocupada. John tirou algumas fotos, rindo consigo.
— Fotos da minha vigésima terceira funcionária.
Então percebeu Phyllis e Poppy, xingando ao passarem por Ava, e ficou tenso. Elas pararam em frente a ela e se viraram, esperando que ela passasse de novo, então deram risadinhas e a seguiram. O sr. Gaunt voltou para dentro e escreveu algo em um bloquinho. Em seguida, saiu para almoçar no clube e foi ao apartamento se trocar, vestindo um terno esfarrapado com um casaco cinza, cachecol e um chapéu de abas longas. Entrou em seu Rolls-Royce e foi deixado no Brooklyn, em uma esquina perto de um de seus hospitais para crianças com deficiência.
Gritinhos e risos vinham de cada cama enquanto os brinquedinhos baratos que John comprara no caminho saíam de seus grandes bolsos. Teve que ouvir com simpatia enquanto alguns dos pequenos pacientes contavam a ele como o doador desconhecido, que enviara a todos os pacientes talas, maravilhosos aparelhos mecânicos, jogos caros e quadros negros, havia lhes dado o mais novo fonógrafo com vários discos, e teriam em breve um aparato de cinema em cada ala!
— Mas eu te amo mais, querido sr. Papai Noel, mesmo o senhor sendo pobre — o pequeno Johnnie Alsop gritou, colocando seu braço ao redor do pescoço de John.
— Eu não! — devolveu Patrick Mullen na cama ao lado.
— Eu gosto mais do homem que tem dinheiro!
E Johnnie começou a chorar.
— Ele é ruim, sr. Papai Noel!
John Gaunt sorriu, não se admirava com a humanidade.
Enquanto isso, Poppy e Phyllis haviam se cansado da perseguição e seguiram seus caminhos. Ava havia saído

da estação de metrô do Brooklyn e entrado na loja de penhores, onde conseguiu quatrocentos dólares pelo empréstimo de suas pérolas. Não viu um homem alto se assustar ao reconhecê-la, e segui-la — era um homem muito bem-vestido, que carregava alguns jornais debaixo do braço. Ava se apressou para o prédio e desapareceu escada acima. Dois garotos de mais ou menos doze anos estavam brincando de bola perto da entrada. O homem pegou algumas moedas de vinte e cinco centavos do bolso e perguntou educadamente se eles sabiam quem era aquela mulher, e se ela morava ali. Os garotos iam responder bruscamente, mas então viram o dinheiro.

— Sim, ela mora, terceiro andar à direita — o maior disse, estendendo a mão.

O homem guardou os vinte e cinco centavos no bolso e encontrou algumas moedas de cinco centavos.

— Aqui, crianças. Muito obrigado.

E, dando a cada um deles cinco centavos, começou a subir as escadas.

— Que droga — o mais velho disse, e os dois voltaram a brincar.

À porta de Mary, Ava se virou para ver quem a seguia. Estava prestes a abri-la com a chave quando a cabeça do homem apareceu, e ela reconheceu o sr. Rosenbloom! Ele parou ao lado dela. Pior, entre ela e a porta.

— Ora, srta. Cleveland! — disse ele tirando o chapéu. — Que coincidência te encontrar. Eu estava ansioso pensando sobre sua dívida...

Ava empinou o queixo.

— Você não precisava ter ficado ansioso. Ela será paga. E, se você continuar falando disso com meus amigos, ficarei sabendo.

Rosenbloom sorriu, e abriu o jornal da tarde, encontrando um parágrafo que mostrou a ela. Dizia que a linda srta. Ava Cleveland, queridinha da alta sociedade, havia ido visitar parentes na Virgínia, onde descansaria, e que os médicos haviam ordenado completo repouso, sem nem receber cartas.

— Vai interessar à imprensa saber onde a srta. Cleveland realmente está — o sr. Rosenbloom anunciou com sua doçura fingida. — Mas não é apenas o dinheiro que serve para pagamento... — continuou ele, insolente.

Ava o olhou bem nos olhos, e ele tremeu diante dela.

— Pagarei uma parte da dívida agora — disse ela, gelada. — Tenha um bom dia, sr. Rosenbloom.

Mary, tendo ouvido as vozes, abriu a porta naquele momento, e Ava entrou.

O alfaiate desceu as escadas sorrindo. Os dois garotos, ainda brincando, cuspiram nele enquanto ele passava.

Ava estava tremendo da cabeça aos pés.

— O que foi, querida? — quis saber Mary, e tomou a outra em seus braços fortes, Quando Ava lhe contou tudo, Mary concordou que algo deveria ser feito.

A primeira semana de salário adiantado fora utilizada para pagar algumas dívidas de outros comerciantes que estavam cobrando, e a segunda foi usada para compensar Mary e pagar o transporte para o serviço, então teria que arrumar outra forma de pagar Rosenbloom, além dos duzentos dólares que Ava podia usar do dinheiro das pérolas. Ela pensou e pensou. Todas as joias herdadas foram aos poucos utilizadas para pagar as dívidas de jogo de Larry, e muitos dos presentes caros que os amigos deram a ela nos natais e aniversários tiveram o mesmo destino. Ava não era uma garota que aceitava presentes de homens; tinha apenas algumas bijuterias sem valor. Não possuía nada que pudesse vender para conseguir dois mil dólares; o piano no apartamento da Park Avenue fora vendido antes de eles passarem a temporada na Califórnia.

Como, depois de ajudar o irmão, ela conseguiria juntar os quinhentos dólares para acalmar Rosenbloom? Seria horrível ter seu nome em todos os jornais, contando sobre sua temporada no Brooklyn! E não havia sobrado nada além do relicário da mãe dela, um conjunto Van-Thorpe de brilhantes. Parecia que chegara a hora de vender a peça. Como era possível que ela e o irmão vivessem tão além de suas posses?, ela se perguntava agora. Mesmo trabalhando há pouco, sabia do valor das coisas. Não podia ir a quaisquer dos negociadores que conhecia em Nova York, pois alguém poderia vê-la, e a loja para onde levara as pérolas não pagara um bom preço pela peça. Mas havia uma loja na rua lateral perto do apartamento que ela vira uma vez ao sair do metrô. Ava teria que levar a última joia que amava até lá. Quando decidia algo, não era o tipo de pessoa que lamentava o que deveria ser feito. Jantou com Mary, e então colocou no correio o dinheiro para Rosenbloom. Tinha trazido livros da biblioteca pública e passou a tarde estudando. Seu trabalho mostrara como ela era ignorante.

# XIII

John deixou o jornal da tarde de lado depois de ler o anúncio sobre Ava na coluna social. Ele sorriu. Coitada! Ela não deveria estar nada bem para ter mentido daquele jeito. Seus olhos, pela foto, pareciam desafiá-lo. Ele estava sozinho com os gatos. César recusara os petiscos no jantar e balançava a cauda. Era esse capricho que era tão divertido para John nos animais, tão parecidos com as mulheres — apenas mais desconfiados e interessantes que a maioria delas!

— Não está feliz, César? — ele perguntou ao gato.

César piscou, indiferente, mas, quando Pompeia pulou sobre o joelho do amado mestre, ele avançou e os dois começaram a brigar. Eles sibilaram e arranharam enquanto John ria.

Naquela mesma manhã, a srta. Shrimper dissera a ele:

— A imprensa já me perguntou várias vezes por que você gosta tanto de gatos, sr. Gaunt. Um repórter ligou de novo ontem. O que respondo?

— Nada. Mas, srta. Shrimper, para a senhora saber, gosto de gatos porque estudá-los me ensina muito sobre as pessoas; principalmente sobre as mulheres.

A mulher não se conteve.

— Ora! Sr. Gaunt, então somos como gatos?

Ele a observou por um momento.

— Poucas de vocês são tão inteligentes ou finas, mas todas compartilham o grande elemento principal do caráter feminino.

— Ah! Sr. Gaunt, qual é esse elemento?

Ela precisava descobrir o que poderia usar para atraí-lo!

— Isso, srta. Shrimper, é algo que todas as mulheres devem descobrir sozinhas.

Seu olhar era brincalhão. Ele sempre desconsertava a secretária quando se comportava assim.

— Me pergunto o que será isso — ela suspirou.

John não respondeu e perguntou em um tom desinteressado:

— O trabalho da srta. Clover está satisfatório, srta. Shrimper? Faz quinze dias que trabalha conosco.

Agatha Shrimper desejou reclamar de algo, mas era muito honesta para mentir

— Sim, sr. Gaunt. Ela aprendeu a datilografar agora; devagar, é claro.

— As outras funcionárias são gentis com ela, certo? — Os olhos dele pareciam analisar os dela.

A voz da srta. Shrimper tremeu um pouquinho ao responder.

— São, senhor, mas elas têm um pouco de ciúme do cargo!

John disse, sério:

— Elas precisam ser sempre gentis, srta. Shrimper.

E agora John pensava nisso e no comportamento das duas funcionárias com Ava. Franziu a testa. Faria algo a respeito.

Na manhã seguinte, ao chegar ao escritório, a secretária esperava pelas ordens do dia, e ele disse a ela que não precisaria mais dos serviços das estenógrafas número Seis e Sete. Ele se lembrava dos lugares numerados delas. Não deu motivos, e a srta. Shrimper não se lembrou de perguntar. Depois, não conseguiu suprimir sua curiosidade.

— O que elas fizeram, sr. Gaunt?
— Dê a elas o salário de um mês, e pode dispensá-las.
A srta. Shrimper se assustou. Ela conhecia aquele olhar no rosto do chefe; era inútil retrucar. Então Poppy e Phyllis ficaram sabendo da dispensa na hora do almoço. Ficaram enlouquecidas de indignação. É claro que era coisa da srta. Clover! Então as duas foram questionar Ava. Ela reclamara das duas? Ava respondeu que não sabia do que elas estavam falando! E Amy Jacobs entrou na conversa:
— Pare com isso, Phyllis. A srta. Clover não sabe do que você está falando.
— A gente não acredita em você! — Poppy sibilou. — Qual é, Amy, você é muito jovem para entender das coisas.
Ava por fim entendeu que as garotas estavam certas, alguma reclamação fora feita ao sr. Gaunt sobre a hostilidade delas, e essa fora a causa da demissão!
Ava se levantou, e sem pedir permissão para a srta. Shrimper, bateu na porta de John, enquanto três ou quatro funcionárias a observavam.
John disse: "Entre" abruptamente e, para sua surpresa — estava esperando a srta. Shrimper ou o sr. Bunwell —, viu Ava. Ela estava muito pálida. Ele se levantou:
— O que aconteceu?
A atitude de Ava foi extremamente arrogante.
— Duas de suas estenógrafas, srta. Benton e srta. Martin, receberam o aviso prévio esta manhã. Elas disseram que a culpa é minha. Não acho justo, por isso vim até aqui.
John admirou a coragem dela. Sentiu que valia mandar todo mundo embora para fazê-la ir procurá-lo daquela forma. Ele olhou para a mesa e pegou o bloco que mantinha para fazer anotações. Havia alguns comentários sobre "Seis" e "Sete".
— Então você não percebeu que elas não são gentis?

— Não, elas são gentis. E não gosto que pensem que eu tenho influência em sua decisão.
— Você tem.
— Não tenho e não teria. Trabalho aqui como todas as outras. E como é que você sabe se elas fizeram algo ou não?
— Isso é assunto meu.
Eles se entreolharam, provocadoramente.
— Se alguém deve ser mandada embora, que seja eu.
Os músculos fortes de John Gaunt pareceram se contrair, e seus olhos brilharam.
— Não. Você é ótima em seu trabalho. Seis e Sete podem ficar, se é o que quer. Tanto faz, não são relevantes, de qualquer forma.
— Nem eu.
— Repito: isso é assunto meu, e só eu posso julgar.
Ava olhou direto para ele e então baixou o olhar. Lá estava outra vez aquela expressão estranhíssima dele. Ela achava linda e, ao mesmo tempo, morria de medo.
— Como vai explicar a recontratação delas?
— Deixe isso comigo.
Ela agradeceu e se virou para deixar a sala. O sr. Gaunt chamou a srta. Shrimper, e Ava o ouviu dizer a ela enquanto passava:
— Traga-me Seis e Sete. — A voz dele soou sinistra.
As duas moças ficaram brancas como um fantasma quando receberam a mensagem. Ava sentia muito por elas. A srta. Shrimper as acompanhou e fechou a porta.
— Vi pela janela um comportamento bastante baixo de vocês com relação a uma colega — disse o sr. Gaunt. — Não admito este tipo de comportamento entre meus funcionários, mas a moça pediu que vocês não fossem mandadas embora, então estão recontratadas.
Phyllis e Poppy começaram a chorar. John ficou olhando para elas com um desdém frio.

— Tenham um bom dia — disse, e elas saíram da sala da maneira como puderam.

Ava sequer ergueu o olhar enquanto passavam. Amy Jacobs se aproximou e deu uma batidinha no ombro dela.

— Não se preocupe com isso, Ava, elas têm ciúme do seu cargo.

— Não estou me preocupando. — Ava sorriu. — Isso não me interessa. Meu pagamento é a única coisa que me interessa. Não vale a pena brigar por isso!

— Há quanto tempo você está aqui? Por isso ainda não entende. — E Amy se afastou, rindo.

Quando lia seu livro na hora do almoço, Ava ficou perturbada. Por que os olhares do sr. Gaunt a afetavam tanto? Ela ia se juntar à multidão que se derretia por ele? Ficou de pé. Claro que não, não! Então tornou a se sentar, virando a página do livro.

John Gaunt, sozinho em seu escritório, caminhava de um lado ao outro. Não seria fácil domar Ava, e ele fora um tolo ao repreender as funcionárias por conta dela. Ava era capaz de se defender sozinha. Ele não sabia que ela passava o horário de almoço sentada à própria mesa. Mas algo atraiu seu olhar para a sala da srta. Shrimper, e ali, através da porta entreaberta, ele viu uma figura magra. Não conseguiu resistir à tentação de se aproximar.

— Você não almoça, srta. Clover?

Ava se levantou como uma funcionária deve fazer ao ver seu empregador.

— Não, sr. Gaunt.

— Mas isto está errado. Não pode trabalhar se não tiver se alimentado direito.

Ela repetiu a frase dele:

— Isso é problema meu.

— Não é não. O bem-estar de quem trabalha comigo é da minha conta. Vou pedir que entreguem o almoço aqui para você.

— Não vou comer.

Mais uma vez eles se encararam, e mais uma vez a expressão nos olhos dele encheu Ava de medo — medo de quê, ela não sabia. Estava sozinha naquele grande escritório com ele. John atenuou a tensão ao perguntar, de maneira profissional, o que Ava estava achando do trabalho. Ava respondeu que era superfácil.

— Consegue fazer um resumo do que lê?

— Talvez, agora que aprendi a datilografar.

— Você aprendeu a datilografar?

— Sim, estou pronta para começar, embora não seja rápida.

— Parabéns, não é uma função comum ao seu lugar na sociedade.

— Meu lugar! — Ava sorriu amargamente. — Há pessoas que são boas na minha classe e algumas que não são, assim como na sua. Depende do indivíduo, não da posição social em que ele ou ela nasceu.

— Então fará o resumo das notícias? Darei um aumento.

— Não, não quero aumento. Já estou sendo muito bem paga, e você sabe.

— Não, não sei. Sou ótimo nos negócios e sempre sei onde invisto meu dinheiro.

— Sempre pensando em você mesmo, suponho, como ao dar um emprego ao meu irmão na Califórnia.

— Exatamente.

Ele a confundia. Mais uma vez, o fato de estarem sozinhos causou ansiedade em Ava, ao mesmo tempo em que a alegrou.

— Não pretendo ler sua mente, sr. Gaunt, nem saber de seus motivos. Como disse antes, estou trabalhando porque preciso do dinheiro. É por isso que aceitei cem dólares por semana em um trabalho que deveria pagar vinte e cinco, e estou bastante grata que, por algum motivo que só você sabe, não sinta estar me pagando demais. Talvez eu esteja aprendendo um pouco do seu senso de negócios.

— Talvez você esteja, mas ainda tenho muito mais a te ensinar.

John se sentou na mesa perto dela. Era evidente que não voltaria tão cedo ao seu escritório.

— Só se pode ensinar quando o aluno quer aprender. De outra forma, não adianta.

Ele riu. Seu tom era profundo! E Ava gostava de vozes profundas.

— Mas já que está adquirindo tino para os negócios, verá que posso ajudar muito. Conhecimento é sempre valioso.

— Depende de que tipo de conhecimento.

— Qual livro está lendo?

Ava olhou para o volume.

— Chama-se *A História da Filosofia*.

— Ótimo título. — Ele sorriu. — Mas lembro que você me disse na Califórnia que ninguém lê livros inteiros hoje em dia. Os títulos dos capítulos e as resenhas são suficientes para se ter opinião sobre eles! Estou muito curioso para saber sua opinião sobre essa leitura.

— Aprendi que somos átomos ridículos e que nenhum de nós importa.

— Não, apenas os assuntos da alma importam.

Ava ergueu uma sobrancelha incrédula e insolente.

— O que é que sabe sobre almas, sr. Gaunt? — questionou.

Isso o tocou. Deveria ter respondido, mas naquele momento um corpo listrado e brilhante empurrou a porta para abri-la mais, e Cleópatra cruzou a sala com dignidade e então parou. Por algum motivo gatuno deu um curto e agudo miado!

John ergueu o olhar.

— Lá vem a Cleópatra para nos fazer companhia. Rainha dos Gatos, me deixe te apresentar a nossa mais nova funcionária, a número vinte e três.

Ava corou de repente.

— Não são as mulheres que são gatos, mas você, sr. Gaunt. Você tem a mesma característica deles de brincar com ratos quando acha que eles estão sob seu poder. São em questões sutis assim que podemos avaliar a criação de uma pessoa. Vou almoçar, me deu fome. Bom dia.

Ela se levantou e saiu em direção aos vestiários, com a cabeça erguida de forma arrogante.

John Gaunt não se mexeu. Foi tomado por uma raiva fria. A insinuação dela o atingira. Sim, Ava estava certa. Era em questões sutis como aquela que a criação se mostrava. Ele sabia que não agira bem ao apresentar Cleópatra. Ela tinha razão em ficar brava. E John também compreendeu por que falara do jeito que falara. Os nervos dele estavam à flor da pele pelo desejo e pelo esforço em se conter para seguir seu jogo.

John voltou para o escritório em passos lentos e deixou Cleópatra, que o seguia, se empoleirar sobre seu joelho. A expressão dele parecia ter sido esculpida em bronze.

# XIV

Lo-Lu queria dinheiro. Ela sabia de um esquema de contrabando que seria ótimo para ela e Larry. Investir dois mil dólares faria com que ganhassem vinte e cinco mil dentro de um mês. Que mal haveria em pegar um pouquinho do dinheiro que ganhava para usar com o divertimento dos clientes e investir em algo certo? Intoxicado pelo ópio, a força de vontade do rapaz foi abalada, e a pouca honra que tinha se desfez. Também resolvera esfriar o caso com Constance; do casal, Clarence poderia ajudá-lo mais do que ela, então Larry continuava dando esperanças à pobre mulher, mas bem menos do que antes, o que acabara resultando em uma chuva de presentes — temendo perdê-lo, ela o papalicava. Também havia Bolivia Bromworth, que, ele sabia, podia atrair com um estalar de dedos!

Até então, a influência de Ava havia feito com que Larry respeitasse as mulheres com as quais se envolvia. Mas, sozinho em São Francisco, a situação mudara. John Gaunt continuou a receber relatórios que não mostravam nada de mais. No entanto, ele conhecia os homens muito bem — e sabia que a fraqueza deles sempre se mostrava. Um cafajeste com força de vontade não se renderia, mas um fracote que se entrega aos seus próprios caprichos só tem um destino. E embora, pelo bem de Ava, John estivesse disposto a evitar sua desgraça, quando ela se tornasse inevitável, deveria ser usada em sua vantagem. Ele esperaria, e enquanto isso daria corda a Larry. Esse era seu pensamento enquanto estava sentado no escritório, com Cleópatra sobre o joelho.

Chang recebera instruções de conseguir novas informações a respeito da srta. Cleveland e de quem eram os amigos dela — e John esperava pelo relatório.

Chang o trouxe alguns momentos depois: não havia nada novo, exceto a evidência da pobreza.

*Suponho que ela não almoce para economizar dinheiro*, John pensou, e o irritava não poder ajudar. Lembrou-se de que, na Califórnia, ele e Ava haviam conversado sobre culinária durante o jantar! John lançou um olhar severo a Chang.

— Ela está mesmo na miséria, Chang?

O rosto do funcionário estava sério.

— Ela realmente precisa economizar. Caminha depois de sair do metrô. Para chegar lá, pega um táxi. Se caminhar na cidade, pode encontrar conhecidos.

John franziu a testa.

— Não ouviu novidades do seu contato que negocia ópio, Chang?

— Não o suficiente para relatar, senhor, mas há uma garota, Lo-Lu. Meu irmão está de olho nela.

Não havia nada mais a saber, então Chang saiu em silêncio, e John o seguiu. Almoçou no clube e, em vez de retornar ao escritório, fez o que geralmente fazia quando estava de mau humor: foi visitar a instituição que cuidava de órfãos e bebês ilegítimos e abandonados.

No dia seguinte, a srta. Shrimper ordenou que uma máquina de escrever fosse colocada na mesa da srta. Clover, e Ava começou a datilografar um curto resumo das informações que lia nos jornais.

Era um trabalho muito fácil, porque adorava escrever cartas. Resumiu tudo em seis folhas datilografadas e as entregou para a srta. Shrimper, que as levou ao sr. Gaunt. A personalidade prática dele imediatamente apreciou o estilo conciso do trabalho. Tirando seu interesse pessoal na "número vinte e três", ela era uma adição valiosa ao quadro de funcionários. Algumas das sentenças sugeriam ironia, e isso o agradou. Quando Ava fosse conquistada e pertencesse a John, que horas maravilhosas eles passariam conversando!

— Traga a srta. Clover aqui — disse John, olhando para o rosto ácido da srta. Shrimper. Ele franziu a testa um pouquinho, e a secretária se retirou.

*Ela cometeu algum erro e vai tomar uma bronca!*, pensou ela com satisfação, e sua voz estava mais cordial quando transmitiu a ordem a Ava.

— Você se saiu muito bem, srta. Clover — John disse para Ava quando ela entrou. — Está aprendendo rápido.

Ava o olhou, indiferente.

— Não foi necessário nenhum esforço para fazer um resumo tão simples — devolveu ela.

— Não? Talvez eu tenha subestimado sua inteligência, então. Você está, como você mesma disse, adquirindo tino para os negócios.

— Espero que sim. É uma das qualidades que dizem que minha classe tem, apesar de você não concordar...

— Pelo contrário. Dou muito valor aos muitos atributos das pessoas da alta-sociedade, quando elas os honram.

Ava inclinou a cabeça, mas ficou em silêncio. John ficou estático quando notou uma de suas grandes rosas vermelhas aconchegada perto do pescoço branco dela — então elas não haviam murchado desde quinta-feira!

— Você teve notícias de nossos amigos em comum, os Meriton? — perguntou ele.

— Naturalmente, não...
— Por que naturalmente? Você brigou com eles?
Ava parecia desdenhosa.
— Não, mas eu deveria estar na Virgínia para descansar sem receber correspondências.
John riu.
— Você está descansando?
Ele se reclinou na cadeira e a examinou. O coração de Ava bateu mais forte, então ela endireitou a postura e respondeu:
— Meus assuntos pessoais não são da sua conta, sr. Gaunt; portanto, meu trabalho estando à altura, não precisamos conversar.
Ava se virou em direção à porta.
— Fique, por gentileza— ordenou John. — Você pode se sentar àquela mesa e fazer o resumo deste relatório da Comissão sobre cobre.
Ava ficou vermelha de raiva, e fogo azul reluziu em seus olhos. John tinha o direito, mas mesmo assim ela sabia que ele estava fazendo aquilo só para mostrar que mandava nela.
Ava forçou uma expressão calma e deu um timbre monótono à voz quando perguntou:
— Preciso trazer minha máquina ou posso usar esta? — E apontou para uma pequena máquina que a srta. Shrimper utilizava quando algo precisava ser tratado na sala do chefe.
— Esta serve.
Ava pegou o relatório sobre a mesa e se sentou para lê-lo. Um raio de luz do sol iluminou a cabeça dela, e seu cabelo pareceu azul, de tão intensa a cor preta. Era linda; o charme era evidente, a pele perfeita contrastando com o cabelo preto e os olhos azuis, e havia algo mais, alguma atmosfera sensual que levava os homens à loucura...
John Gaunt sentiu que estava enlouquecendo — então, pela primeira vez, perdeu a cabeça e cometeu um ato que depois soube ser burrice.

— E agora, você quer jantar comigo, srta. Cleveland?
— A srta. Cleveland não trabalha neste escritório, sr. Gaunt. O senhor mesmo sugeriu o nome "Clover". — Ava ergueu o olhar por um momento enquanto falava, e depois voltou ao relatório, dispensando o assunto com desdém.

John franziu a testa; estava aborrecido.
— Muito bem, srta. Clover, você quer jantar comigo amanhã, domingo?
— Para quê?
— Pelo prazer da companhia.
— Não tenho nada para dizer ao senhor.
— Então eu poderia apenas te olhar.

Ava lhe lançou um olhar fulminante.
— Desde que te conheci, aprendi que qualquer coisa é possível. Mas, no momento, ainda estou em posição de recusar falar com você ou permitir que me olhe fora do horário do trabalho, sr. Gaunt.

John estava com tanta raiva que riu sarcasticamente.
— Você se lembra de quando tinha na mão um ás de espadas e uma rainha de copas, lá em Santa Bárbara?

Ava havia se esquecido, mas então a cena na casa dos Meriton voltou a ela, e ela assentiu.
— Você terá que pensar muito antes de decidir qual jogar, não é?
— Sim, quando a hora chegar.

Eles se entreolharam, desafiadores. Então John Gaunt se levantou para afastar a persiana. Enquanto se aproximava da cadeira dela, a tentação de tocá-la foi muito forte, e ele passou a mão no cabelo preto. Ava saltou.
— Como você se atreve?! — sussurrou ferozmente. — Se aproveita da sua posição para me tocar sem nem se oferecer para pagar, já que homens de negócios deveriam pagar pelo que querem. Se eu tiver algo para vender, venderei, e não deixarei que seja roubado de mim.

— Algum dia vamos combinar o preço, então.

A expressão dele era tão intensa quanto a dela.

Foi então que a srta. Shrimper bateu à porta — talvez felizmente —, enquanto a situação estava tensa. John Gaunt disse "Entre", e Ava pegou o relatório para ler. Estava indignada. Ela odiava ter que fingir; estava furiosa com ele e consigo mesma. O assunto da srta. Shrimper era urgente, o que permitiu que a srta. Clover voltasse à sala ao lado enquanto o chefe falava em seu telefone privado. Era sábado, e Ava saiu ao meio-dia. Caminhou rapidamente até o metrô, uma sensação estranha em suas veias.

John Gaunt estava extremamente irritado. Ele fizera um movimento em falso, apressado, e colocara Ava na defensiva. E ela era esperta, sabia que ele tinha pisado em falso. Isso daria poder a ela — sim, a coisa toda tinha sido uma tolice, e John estava se sentindo inseguro como não se sentia há mais de vinte anos.

Naquela noite no apartamento, enquanto se sentava ao lado da lareira, sozinho com os gatos, foi tomado por uma estranha sensação de melancolia e solidão. Queria Ava. Ele a subestimara; a qualidade que ela mostrara em seu resumo era impressionante, incisiva. A determinação de ter aprendido a datilografar tão rápido — a dignidade da atitude dela! Será que algum dia aceitaria seus carinhos?

Então, com algum estranho sentimento subconsciente, ele foi até a vitrola e colocou um disco dramático de John McCormack na faixa "All Alone". O ar banal e as palavras tristes pareciam expressar exatamente o que ele estava sentindo. E foi só depois que as últimas notas morreram, que o arranhar da agulha o lembrou de sorrir, cinicamente entendendo seu próprio humor.

## XV

Em São Francisco, a situação de Larry se complicava. O charme sempre atraía as pessoas por um tempo, e então, quando descobriam que ele não valia nada, os homens se afastavam, embora sem odiá-lo. As mulheres sempre o mimavam e o perdoavam, como costumam fazer quando um homem tem a característica mágica do "It" — aquele estranho magnetismo físico que emana inconscientemente de certos seres. Larry era tão seguro de si como se fosse tão rico quanto John Gaunt e tão bonito quanto o Apolo Belvedere. Tudo o que acontecia com ele era boa ou má sorte — nunca sua culpa! Como amante, ele era ótimo enquanto estava apaixonado, e assim que a paixão diminuía, era cruel. Mas seu caráter duvidoso sempre o fazia perder. O "It" de John Gaunt era infinitamente mais forte por conta de seu ímpeto de ferro e autocontrole, e o de Ava prevalecia porque, embora ela ainda estivesse longe de dominar seus humores e desejos, tinha determinação, e podia se forçar a fazer qualquer coisa que julgasse necessário no momento.

A sociedade de São Francisco era condescendente com o patife do Larry, e Bolivia Bromworth estava louca por ele. Constance estava morrendo de decepção e ansiedade, mas seu lado materno se sobressaía — e quando descobriu que Larry estava usando drogas, ela o confrontou. Por sorte, era um dos dias em que Lo-Lu não estava por perto, e Larry estava se sentindo física e mentalmente deprimido. Ele não negou a acusação; usou palavras e sua voz encantadora para fazer Constance acreditar que fora inteiramente culpa dela ele ter se jogado no vício! Constance não queria acreditar, mas pensar nisso acabou alimentando um pouco sua vaidade.

Ela pôs então em prática o plano do casamento dele com Bolivia Bromworth. Nenhum outro homem poderia estar interessado *de verdade* na viúva, Constance pensava, e Larry, como passava por dificuldades financeiras, poderia ser mais fácil de lidar. Ela não sabia que a ganância já o havia tornado desonesto — e poderia em breve mandá-lo para a cadeia, pois a aposta certa no contrabando estava a um passo de se concretizar, e se Larry conseguisse os dois mil dólares dentro de um mês, o lucro de vinte e cinco mil era garantido.

Daria seguimento ao negócio, mas não disse isso a Constance; então, sim, ele ficaria com Bolivia, mas apenas se Constance prometesse cuidar dele. Ela foi vencida quando ele apresentou esse argumento. Claro, ela cuidaria — sempre!

Com Ava por perto para pegar no pé dele, apostar em contrabando jamais teria chamado sua atenção, mas, sozinho, Larry não conseguira resistir. Ele escreveu para a irmã outra carta. Ela deveria conseguir o dinheiro de alguma forma, para ajudá-lo. Ela devia ter economias e já que vivia com Mary, não devia ter nada em que gastar. Sua lábia raramente falhava, e Ava ficou literalmente dividida pela ansiedade e pela preocupação. Ela enviou metade do dinheiro que recebera pelas pérolas; o resto fora para Rosenbloom, uma mera gota no oceano que, quando recebida, fez o sr. Rosenbloom ficar com muita raiva.

John Gaunt sabia da situação de Larry, e ela era ideal para ele. Chang o informara a respeito de Lo-Lu. Algo estava prestes a acontecer, ele sentia, que faria com que Ava o procurasse em busca de ajuda. Enquanto isso, ele deveria arranjar um jeito de jantar com Larry.

John estaria em Chicago a trabalho até o meio da semana seguinte.

Ava não saíra de sua mesa na quinta e sexta-feira após o retorno dele e o sr. Gaunt mal olhara em sua direção, mas no sábado de manhã, quando a srta. Shrimper trouxe o resumo, como era de costume, ele disse a ela para mandar a srta. Clover entrar. Colocando a cabeça para fora da sala do escritório, ela deu o comando.

Quando Ava ficou diante da mesa dele, John deu o sinal de dispensa para a secretária antes de se dirigir à "número vinte e três".

— Não mandei chamá-la desta vez para falar sobre seu trabalho, srta. Clover, apesar de estar bastante satisfatório, mas sim para fazer o que você disse que um homem de negócios deve fazer.

O rosto de Ava estava impassível, embora ela estivesse surpresa.

— Você se lembra que disse que um homem de negócios deve pagar pelo que quer...

Ava ficou tensa.

— Bem, quero que você jante comigo amanhã à noite, e estou disposto a pagar...

— A pagar... — Ava estava assustada. — O que esse jantar com você envolve?

— Nada, exceto sua companhia, pela qual pagarei mil dólares...

Ava sentiu que deveria recusar de maneira indignada, mas por dentro seu espírito aventureiro se animou com a ideia, e ela hesitou.

— Preciso muito do dinheiro — anunciou, fria. — Se você garantir que não vai tocar meu cabelo novamente, aceitarei sua proposta.

— A partir de agora, todo toque deverá partir de você — e ele sorriu, brincalhão —, dessa forma se sentirá segura.

Ava se curvou.

— Enviarei o carro para buscá-la às oito...

Ela o interrompeu.

— Não, tomarei um táxi. Tenho seu endereço no cartão que me entregou.

— Combinado então, srta. Clover. Você pode voltar ao trabalho.

Ava saiu da sala de cabeça erguida. A srta. Shrimper se sentiu confortada — devia ter levado uma bronca.

Quando Mary ouviu falar sobre a proposta naquela noite, apenas afirmou que se sentia desconfortável.

— Não confio.

— Bem, acredito que devemos confiar, querida babá. Só significa o que o sr. Gaunt disse, ele quer que eu jante com ele, e não foi um convite, são negócios. E quero o dinheiro, então vou. Eu levaria dez semanas para ganhar essa soma, e desta forma consigo dá-lo para Larry na segunda, e não precisarei penhorar o relicário.

— Bem, querida, não é decisão minha, mas ficarei nervosa até você voltar.

Ava nada disse. Ficou olhando para o fogo, o brilho refletido em seus olhos sombrios.

# XVI

Na noite de domingo, John Gaunt sentou-se em sua sala de estar, bastante calmo. Tudo estava pronto. Um jantar perfeito fora encomendado, o champanhe estava no gelo, e os drinks foram preparados da forma que apenas Chang era capaz de preparar. Frutas adornavam a mesinha, a lareira queimava intensamente e, por sorte, estava nevando lá fora — a primeira neve da estação. Pompeia e César pareciam sentir algo fora do comum, pois estavam sentados ladeando a lareira.

A srta. Mellon não fora avisada da visita, portanto fora à igreja, como era de costume. Apenas Chang permaneceu no hall. Havia um silêncio peculiar provocado pela chuva e pelo trânsito à distância; o apartamento ficava no andar superior. O relógio badalou oito horas, e ouviu-se Ava à porta. Ela aprendera que a pontualidade era uma virtude dos negócios — e, já que aquilo era um encontro de negócios, chegaria na hora marcada.

Vestira-se de forma simples: um vestido de crepe preto, o pescoço branco aparecendo acima da pequena abertura arredondada, e as mãos brancas despontando das longas mangas. Ela não fizera o mínimo esforço para ficar bonita.

Chang abriu a porta para ela, pegando o casaco e o chapéu, e então a conduziu até a presença do anfitrião sem falar nada. Ava havia reparado no amplo hall e nas quatro grandes portas fechadas em cada lado. Era evidente que se tratava de um apartamento muito espaçoso. Era simples e sóbrio, os painéis de carvalho obviamente importados da Europa, e havia duas tapeçarias maravilhosas. O cômodo em que entrou a agradou imediatamente, com arranjos de sedosas rosas vermelhas dos botões — pensava ela — que lhe foram dados por Conklin Randolph, um pouco mais escuros que o coração de uma rosa "American Beauty". O lugar parecia brilhar como um rubi. Ava viu os lindos retratos do século dezoito, e uma coleção da Blue Johns que pareciam joias cravejadas de safiras. O cômodo era muito espaçoso, alto e iluminado por suaves luzes carmesim. Enquanto Chang fechava a porta, John Gaunt se levantou para recebê-la.

— Você é a srta. Clover ou a srta. Cleveland esta noite? — perguntou com sério interesse. — Porque como vou tratá-la depende de quem você é.

Ele estendeu a mão.

— A qual você ofereceu pagamento? — Ava perguntou, dando a ele seus dedos gelados. Quase congelara no caminho.

John pensou por um momento enquanto prendia os dedos dela em sua mão forte.

— Acredito que ofereci para a garota que conheci na Califórnia...

Ava se curvou.

— Isso facilita, porque ainda não me acostumei com o papel de funcionária; embora aceitar dinheiro por meu trabalho e tempo configure exatamente isso.

— Esqueça isso e venha se aquecer. Suas mãos estão frias como gelo.

Ele a conduziu a um grande sofá coberto de seda perto da lareira e se sentou ao lado dela. Ava parecia em casa, pensou ele; o vestido se destacava muito da seda rosa do sofá, e do rosto branco e dos olhos azuis emergiam uma sedução alarmante. John nunca na vida experimentara um momento assim — estava extremamente seduzido. Sonhos que ele sonhara em sua juventude difícil, pareciam personificados na garota magra e rebelde sentada ao lado dele, na qual não podia tocar.

Ava sempre controlara suas emoções e vestia uma máscara. Ela não era uma mocinha perdida, sem sofisticação ou treinamento. Havia lutado contra a sociedade e escondido mágoas, moldado sua alma em ferro desde que se entendia por gente, e agora sua criação vinha em seu socorro — por dentro, Ava estava muito entusiasmada e mexida, mas não demostrou nem um sinal disso. Ficou sentada ali, tranquila, estendendo as mãos para o fogo, de forma que John Gaunt quase podia vê-las como uma transparência rosada. A voz muito profunda dele estava um pouco incerta quando perguntou:

— O que as mulheres mais querem na vida?

— Não sei o que elas querem. Um dia uma coisa; no outro dia, outra, suponho...

John se afastou para poder observar melhor o perfil irregular e fascinante dela.

— Isso é uma generalização. Você é real...

Ava nunca desviou os olhos do fogo.

— Não estamos falando de mim, mas das mulheres. Você não está se atendo ao tema.

— Então me diga o que você mais quer.

— Já te disse, liberdade.

— E se alguém te oferecesse liberdade?

— Então não seria liberdade. Eu a deveria a outra pessoa. Liberdade não se ganha, se conquista; assim não se deve nada a ninguém.

— Você se basta.

— É preciso...

John queria pegá-la nos braços e dizer que entregaria a ela tudo que sua fortuna pudesse comprar, e liberdade para dar a ela tudo o que quisesse, só para ver a luz do amor nos ressentidos olhos azuis; mas o senso de negócios apurado ajudara. John não comentou nada disso, apenas perguntou se ela gostaria de experimentar o drink que Chang, famoso por seu talento nesse ofício, fizera.

Ava aceitou.

— Não tomo nenhum desde que comecei a trabalhar — disse ela.

César não podia mais aguentar essa intrusa e de repente emitiu aquele som alegre e reprimido que gatos fazem quando veem pássaros. Ava percebeu o bonito animal e o chamou. César balançou o rabo em uma zombaria insolente, mas Pompeia, com sua contrariedade habitual, se aproximou e se empoleirou sobre o joelho de Ava. Antes que ela pudesse acariciá-la, Chang abriu a porta e anunciou que o jantar estava servido. Eles se levantaram e o seguiram para a sala de jantar.

Ava nunca havia visto uma sala de jantar tão agradável. Era tão ampla que parecia não ter paredes, mas sim derreter na escuridão, com apenas a mesa suavemente iluminada. Outra vez, um fogo reluzente queimava na alta lareira inglesa. Uma sensação de calor, conforto e abrigo após o estresse tomou conta de Ava.

John agora mudou a conversa para assuntos gerais, sua mente esperta experimentando, investigando se a moça era ou não erudita, o que a fez levantar guarda, com opiniões afiadas e sagazes para se defender.

Ava correspondeu às expectativas. E, embora a perfeita indiferença dela o irritasse, ele reconheceu a habilidade e a tranquilidade dela. O jantar se passou com diversão estimulante para ambos.

Ava estava maravilhada. Aquele "homem comum", como havia classificado o sr. Gaunt em sua mente, estava falando com ela sobre assuntos diversos — a respeito de livros, teorias e ideias — de uma forma que nenhum dos amigos dela poderia falar. Quando terminaram, John a conduziu de volta à sala de estar, e Ava se sentou em uma grande poltrona, não no sofá. Fez isso de propósito — não tinha intenção de dar a ele a oportunidade de se sentar perto demais.

John percebeu sua intenção.

O café e os licores estavam em uma mesinha. Ava recusara o champanhe no jantar, embora quisesse beber. Ela queria manter o pensamento claro, mas agora aceitou um Bénédictine com o café e um cigarro. Algo na forma como ela soprava a fumaça de seus lábios vermelhos e em seguida bebericava o licor fez John Gaunt se derreter. Se ele fosse outra pessoa, aquela noite teria outro final, mas John era mestre de suas emoções, não servo, então se fez sentar quieto em outra poltrona perto dela e não se permitiu olhar em sua direção, para evitar o perigo.

Ava não fez qualquer pergunta nem demonstrou o menor interesse em particular nele ou na vida dele ou em qualquer coisa relacionada a ele. E, quando ele disse algo sobre a habilidade dela de fazer um resumo tão objetivo no escritório, Ava o encarou sem expressão, como um daqueles nobres franceses antes da Revolução deveriam ter olhado para um burguês que cometera uma gafe.

— A srta. Cleveland não conhece a srta. Clover ou o trabalho dela — anunciou Ava.

John se curvou, repreendido, e então disse com um sorriso cínico:

— O que você fará da vida quando seu exílio acabar?

— Não tenho planos. Pode ser que me case.

Uma súbita dor, como um golpe de espada, apunhalou o corpo de John.

— Que tipo de homem você escolherá?

— Talvez não seja uma questão de seleção, pode ser que eu tenha que aceitar o que conseguir.

John sentiu um certo alívio.

— Estranho para alguém que tem o mundo a seus pés.

Ava riu amargamente.

— O mundo não se curva aos pobres.

— Não, isso é verdade. Você escolherá alguém rico, então? Mas se é dinheiro o que quer, por que se casar?

O corpo magro dela parecia ter sido engolido pela grande poltrona — a cabeça insolente e orgulhosa reclinada no estofado carmesim. John pensou que ela ficaria bem com uma coroa. Um desejo enlouquecedor de conquistá-la e trazê-la para seus braços tomou conta dele. Então Ava começou a responder a última pergunta.

— Quero me casar porque desejo ter um filho.

Uma emoção intensa tomou conta dele. Por um momento, John não conseguiu falar, então acendeu um cigarro. Estava determinado a não a deixar perceber que a amava. Ava nunca teria a satisfação de perceber seu domínio sobre ele — nunca, até que se entregasse incondicionalmente ao amor.

— Ninguém diria que você tem instinto materno — disse ele.

— Ninguém diria que eu tenho qualquer coisa, provavelmente. O ambiente e as circunstâncias fazem nossa aparência.

César subira no joelho do mestre e estava ronronando satisfeito enquanto John o acariciava.

— Também devo me casar — disse ele —, mas ela será uma mulher excepcional.

Ava ergueu a sobrancelha, indiferente — embora por dentro não estivesse indiferente —, e então viu o relógio. Eram quase onze horas.

— Você acha que cumpri o trato? — perguntou. — Minha velha babá deve estar ansiosa com minha ausência, então, se você achar que mereci os mil dólares, irei embora.

O insolente sangue frio dela nunca mudava, mas Ava vira o brilho emocionado nos estranhos olhos de John Gaunt.

— Claro. Vou só escrever o cheque e você pode ir.

Ele se levantou e foi até a escrivaninha. Pegando o talão de cheques, escreveu um no valor de mil dólares.

— Devo te dar um recibo? — Ava perguntou a ele.

John escreveu algo em um pedaço de papel e entregou para ela.

*Recebi mil dólares de John Gaunt por jantar com ele sob termos estritamente respeitáveis e platônicos.*

A expressão dele era caprichosa.

Ava assinou em sua letra grossa e característica:

*Ava V. Cleveland.*

— V de quê?

— Vitória. — E ela riu amargamente de novo. — Meus pais eram engraçados, não acha?

John a olhou nos olhos, mas não respondeu. Apenas a conduziu à porta, e então ao hall, onde a ajudou com o casaco e observou enquanto ela colocava o chapéu. Chang foi chamado e ordenado a solicitar um táxi.

— Boa noite, srta. Cleveland. Considero que a noite saiu barata.

Ava se curvou e saiu com Chang para o elevador e depois para o táxi, uma estranha dor em seu coração.

Mas John Gaunt, com um sentimentalismo ridículo, estava beijando o estofado onde a cabeça dela recostara.

# XVII

Mary, com uma expressão ansiosa, estava esperando por Ava quando ela retornou. A moça riu amargamente.

— Até você duvida de mim, Mary?

— Não é isso, querida. É que duvido de homens, especialmente desse homem, mas fiquei pensando na Virgem Maria durante toda a noite...

Ava tornou a rir, menos amargamente, enquanto mostrava o cheque que iria para Larry.

— Deu tudo certo, viu, babá? Não precisei fazer nada e recebi mil dólares!

Mas tudo o que Mary conseguiu responder era que tudo aquilo parecia estranho.

Quando as rosas chegaram pela manhã, Ava prendeu duas no vestido antes de sair para o escritório. Que gentil da parte de Conklin Randolph de continuar se lembrando dela. As rosas eram o maior prazer de Ava; ela sentia um certo tipo de leveza que não conseguia explicar e, no fundo, uma emoção.

Mary ia postar o dinheiro para Larry. Naquele momento, a tensão das coisas tinha suavizado. Ela estava com as bochechas coradas e, quando saiu do metrô do Brooklyn, se deparou com Carlton Hanway!

— Ava! Pensei que você estava na Virgínia.

— E estou. Só vim para um dia de compras e fui ao Brooklyn ver minha antiga babá, que não está muito bem.

Ava odiava mentir; o tom de suas bochechas aprofundou enquanto ela falava.

O rosto sem graça de Carlton brilhou.

— Que sorte encontrar você. Almoça comigo?

— Sim, se você conseguir pensar em um lugar onde não encontraremos ninguém e onde nos sirvam na hora. Preciso estar no meu advogado pontualmente à uma.

Por sorte, havia vários escritórios de advocacia no mesmo prédio onde ficava o escritório de John Gaunt.

Ava deu como certo o almoço, e o sr. Hanway se mostrou encantado. Radiante, afirmou que, claro, sabia do lugar ideal para irem, The Oak Parlour, um novo restaurantezinho, nem dois quilômetros da Wall Street, onde poderiam se sentar e onde não encontrariam ninguém.

Ava concordou e o deixou colocá-la em um táxi, recusando sua companhia.

Era o destino trazendo Carlton naquela manhã. Ava o tirara da cabeça desde que deixara a Califórnia — ele sempre a irritara, e sabia que agora, mais do que nunca, nada a forçaria a aceitá-lo como seu marido. Carlton tinha mãos frias, fisicamente a enojava, e havia a mãe dele, de quem Ava nunca gostara! Não, por mais que tivesse dito a Mary que o aceitaria como última opção, agora que o vira de novo sabia que jamais se casaria com ele.

Ava não admitiria para si mesma, mas mentalmente estava comparando a figura alta mas magricela dele com a força bem construída de John Gaunt, o que era uma desvantagem para Carlton.

No fim das contas, ela dominaria a relação, é claro. E de repente Ava pensou, com emoção, em John Gaunt — ele, que ela nunca poderia dominar, nem se quisesse... o que, é claro, não queria!

Mas a devoção nos olhos de Carlton Hanway era estimulante para a vaidade dela, e Ava chegou ao escritório parecendo tão florescida quanto as rosas em seu casaco. Havia acabado de entrar no prédio quando John Gaunt chegou e, vendo-a ir em direção à entrada do vestiário, apertou o passo para alcançá-la.

— Bom dia, srta.... Clover — cumprimentou, de expressão vazia.

— Bom dia — Ava respondeu modestamente.

Ele percebeu o rosado nas bochechas e o brilho nos olhos azuis dela. A paixão dele acordou. Veria Ava tanto quanto pudesse naquele dia!

— Leve seu trabalho ao meu escritório às onze horas — ordenou friamente.

Ava curvou-se, caminhou em direção ao vestiário em silêncio e deixou o sr. Gaunt imaginando se ela pretendia obedecer ou não. Ele passara uma noite muito inquieta, e formulara um plano que levaria alguns dias para executar, mas, enquanto isso, tinha a intenção de que a srta. Clover desse a ele o prazer de poder olhá-la enquanto ela datilografava o resumo de seus recortes.

Assuntos importantes o mantiveram ocupado até quase meio-dia sem que John percebesse que horas eram, e foi então que se deu conta de que sua funcionária número vinte e três desobedecera à ordem. Ele prontamente chamou a srta. Shrimper.

— Diga à srta. Clover para vir até aqui imediatamente.

A srta. Shrimper tremeu.

— Temo que a srta. Clover tenha deixado o prédio, sr. Gaunt. Ela terminou o trabalho há cinco minutos e pediu minha permissão para sair, porque tinha um compromisso no almoço. Não imaginei que o senhor precisaria dela, então a deixei ir.

— Entendi — foi tudo o que ele respondeu, mas a srta. Shrimper ficou pálida.

John não levou cinco minutos para vestir seu sobretudo e chapéu, nem para chegar ao carro, que sempre o esperava naquela hora. O motorista, como Chang, estava com ele fazia muitos anos — era um irlandês observador e não havia visto nenhuma jovem com rosas vermelhas presas ao casaco deixando o prédio nos últimos dez minutos.

— Então vou entrar no carro. E, assim que ela sair, siga-a.

Ele mal havia se acomodado no carro e então Ava saiu do prédio e, chamando um táxi, partiu — o Rolls-Royce logo atrás.

— Se você vir o táxi desacelerando, não o ultrapasse.

A perseguição durou mais ou menos um quilômetro e meio e por fim o táxi se aproximou de uma portinha lateral. Era uma casa em uma das velhas ruas abaixo da Washington Square e fora convertida em um restaurante agradável. John viu Ava sair do carro e pagar o motorista enquanto uma ansiosa figura masculina, Carlton Hanway, se aproximava rapidamente para encontrá-la, os dois entrando no restaurante.

Uma ira súbita tomou conta de John, uma emoção que ele nunca sentira. Teria que duelar com aquele homem. Percebeu que uma força primitiva o dominava.

Outro homem queria o mesmo que ele! Até então, o jogo fora sua maior distração e divertimento, John tinha todas as cartas e fora capaz de usá-las, mas lá estava um rival. Ele deu à dupla tempo para se sentar e então entrou no restaurante. Era um que ele não conhecia e onde não teria influência, mas percebeu que era um daqueles cantinhos que a sociedade vez ou outra "descobre" e se dedica, em segredo, até que passa a moda e um novo surge.

Ele viu de relance a srta. Cleveland e seu acompanhante se sentando em uma das mesinhas laterais. Escolheu outra, de onde poderia observá-los. Os dois estavam de costas para ele, de forma que, a não ser que se virassem, não o veriam.

John controlou a raiva implacável dentro de si e discretamente fez o pedido.

Carlton Hanway pertencia ao mundo da srta. Cleveland e tinha a delicadeza da alta sociedade, embora fosse feio. Era óbvio que também era devotado a ela. De costas, Ava não parecia tão animada, mas aquele era o jeito dela: mostrava indiferença a todos os homens.

Conforme o almoço prosseguia, John examinou Carlton por inteiro — as roupas, os gestos, o jeito de comer, todos os detalhes que davam a impressão de "cavalheiro". As roupas não eram novas, as unhas não eram tão bem-feitas, então o que era? Um amargor surgiu no peito de John, pois pela primeira vez em sua carreira ele desejou que, em vez de conseguir tudo por força de vontade, tivesse nascido com todos os privilégios, e então ser mais elegante. Inconscientemente, ele apertou seu punho forte com uma determinação ainda maior de que Ava deveria ser sua — ele, John Gaunt do povo, daria tudo a ela.

Então, percebeu como sua atitude era primitiva. John sabia que, se fosse na idade da pedra, teria arremessado uma pedra e destruído o par. Ainda era capaz dessa atitude, se fosse provocado.

Na outra mesa, Ava estava pensando que Carlton não lhe despertava nada. Os olhos dele pareciam sentimentais demais — ele estava muito disposto a agradar, era deveras obediente. *Ele não tem aquele algo a mais*, pensou ela. Não chamou de "It" porque nunca ouvira a característica definida assim, mas era isso o que queria dizer.

E, toda vez que a ideia vinha a ela de que teria de considerar seriamente a possibilidade de aceitar o sr. Hanway, aparecia uma súbita visão de John Gaunt e seus olhos magnéticos, sua boca séria, forte e intensa, e sua personalidade vigorosa! E então franzia a testa, irritada.

Quando o tempo do qual dispunha acabou, ela permitiu que o sr. Hanway a levasse ao escritório. John chegara à sua própria sala pouco antes, e estava observando pela janela. Ele viu a atitude devotada do jovem enquanto este implorava por algo ao dizer adeus, e então viu Ava desprender uma das rosas do casaco — a rosa *de John*! — e a entregar como, aparentemente, um tipo de lembrança. Mas a essa altura um intenso ódio mortal tomara conta de John e ele não viu mais nada, viu tudo vermelho. Quando conseguiu se acalmar, Ava entrara no prédio. O que ela dissera a Carlton Hanway, que implorava por sua mão, fora:

— Seríamos terrivelmente infelizes, Carlton. Eu nunca poderia me dar bem com sua mãe. Como já te disse, quero um homem só para mim, e não poderia compartilhá-lo com qualquer outra mulher.

E ele respondera:

— Acontece que sou tão louco por você, Ava, que não consigo dormir...

— Então acho que você terá que ficar acordado, querido, porque não posso me casar com você.

# XVIII

Quando John Gaunt recuperou a visão, voltou ao telefone e ordenou que a srta. Shrimper mandasse a srta. Clover entrar imediatamente.

Ava ainda não saíra do vestiário, então a srta. Shrimper respondeu, tremendo, que a srta. Clover ainda não voltara da hora do almoço.

A voz de John estava gelada:

— Quando ela chegar, então.

A srta. Shrimper teve o prazer de dizer à srta. Gimble, que acabara de entrar:

— Clover vai ouvir um sermão!

Ava não se apressou; ela não tinha nenhum trabalho a esperando, e seus pensamentos estavam na proposta de Carlton Hanway e se seria ou não possível obrigar-se a aceitá-la. Assim, demorou uma boa meia hora além do horário do almoço até voltar ao escritório.

A srta. Shrimper ergueu o olhar e anunciou, com ácida satisfação:

— O chefe quer te ver.

John Gaunt estava sentado à escrivaninha quando Ava entrou. O rosto dele estava muito sério.

— Com que direito você saiu antes da hora, srta. Clover, para retornar meia hora atrasada?

Ava se exasperou — ela odiava cometer erros. Não havia como saber que o sr. Gaunt estava com ciúmes, então pensou que estava descobrindo um novo lado odioso da personalidade dele.

— Eu tinha acabado meu trabalho da manhã, e nada me fora designado, portanto, pensei que não haveria problema em me atrasar.

Eles se encararam.

— Não é questão de você achar ou não. É questão de quebrar as regras do meu escritório, e o exemplo que dá às outras funcionárias!

Ava se empertigou.

— Então por favor aceite minha demissão. Garanto, sr. Gaunt, que não serei mau exemplo para ninguém.

John fora longe demais; percebeu com uma raiva selvagem. Por que deixara seu gênio interferir? Teria sido mais gentil lidando com um cavalo puro-sangue.

— Não, não aceitarei sua demissão — foi tudo o que pôde dizer. — Você faz seu trabalho muito bem. E, como é a primeira vez que quebra as regras, deixarei passar. Leia para mim o que escreveu esta manhã.

Ava olhou para ele com desdém frio e saiu da sala, voltando com sua pequena pilha de papéis. Sentando-se, começou a ler com voz controlada o que escrevera e, apesar de estar nervoso, John percebeu que o trabalho estava muito bem-feito.

Ele a observou e sua paixão aumentou. Estivera prestes a perdê-la, e seria por sua própria culpa. No entanto, acreditava que o perigo passara e assim foi pego de surpresa quando Ava, tendo terminado a última frase e deixado os papéis de lado, se levantou e disse com dignidade desinteressada:

— Há algo mais que você deseja que eu faça hoje, já que sou sua funcionária até às cinco horas? Não retornarei amanhã, apesar de sua recusa em aceitar minha demissão.

O sangue deixou o rosto de John por um segundo, e ele quase quebrou o estilete que segurava.

— É uma decisão tola. Precisa trabalhar, e o trabalho aqui é tão digno quanto qualquer outro.

— É a minha decisão! — Ava se interrompeu por um momento antes de prosseguir. — Pode ser que eu aceite uma proposta que recebi hoje e que acabaria com todas as minhas necessidades...

A fúria fumegante de John tornou a incendiar, e ele cuspiu:

— Sério?! Você planeja se casar, então?

— Isso não é da sua conta. Além do mais, a maneira como você falou comigo agora foi bastante desnecessária, e por um erro tão sem importância, ainda! Foi pessoal. Você fez isso porque tem prazer em me humilhar, não pelo mau exemplo para as funcionárias, e não gosto de ser o joguete de ninguém.

A verdade nua e crua o surpreendeu.

— Vamos esquecer isso, então — disse, dispensando o assunto. — Não foi minha intenção te humilhar. Você trabalhou muito bem.

Ava se curvou e estava se virando para a porta quando ele falou outra vez.

— O amigo que te mandou as flores ficaria feliz em saber para onde uma de suas rosas foi hoje?

O coração de Ava saltou de alegria: então ele estava com ciúmes!

Toda a calma dela retornou. Agora, Ava estava no controle da situação.

— Sim, ele ficaria. Mas como você sabe algo sobre isso?

Ela ergueu uma mão para tocar a outra, que estava perto de seu pescoço.

— Te vi pela minha janela. Venha aqui — pediu John, já que Ava estava à porta agora.

Relutante, ela voltou.
— Você me daria esta?
A voz dele parecia hipnotizá-la, os timbres profundos e preenchidos de um comando passional...
Ava desprendeu a rosa e a pressionou contra os lábios.
— Não, não daria. Eu a amo... e amo a pessoa doce que a enviou para mim. Não é para tiranos como você...
Os olhos de John brilharam em chamas esverdeadas.
— Então sou um tirano e não mereço nem uma rosa?
Ele se aproximou. Ava se empertigou; um desejo quase incontrolável de simplesmente desistir da luta e cair nos braços dele tomou conta dela. Sentia a influência dele com tanta intensidade... John pôs as mãos nos ombros dela e a olhou bem nos olhos, e toda a resistência pareceu deixar Ava. Por todo o corpo magro dela uma estranha onda de emoção passou, diferente de tudo o que já experimentara. Nenhum de seus infelizes casos com atraentes homens casados havia provocado qualquer sensação forte o bastante para superar o controle dela, mas agora...!
Com um esforço extremo, Ava se afastou.
— Não te entendo nem um pouco, sr. Gaunt. Sou sua funcionária. Por que você age assim comigo? Você não me deixa outra escolha. Devo me demitir. Irei agora. Você pode descontar o pagamento da metade do dia. Boa tarde.
Antes que ela alcançasse a porta, John a prendeu em seus braços fortes.
— Não vá. Não permito. Tenho prazer em apenas observá-la, meu pássaro do paraíso! Você precisa ficar!
Então ele se inclinou e a beijou, e ela permitiu. A alegria louca daquilo! A intoxicação preencheu Ava. Ela teria caído se John não a firmasse.
Mas naquele momento soou uma batida na porta e John a deixou ir. Era a srta. Shrimper que perturbava mais uma vez,

para dizer ao sr. Gaunt que havia uma chamada urgente vinda de São Francisco. Enquanto falava, Ava passou por ela para fora da sala — e, sem dirigir uma palavra a ninguém, atravessou o escritório até o vestuário, se vestindo para ir embora.

Aquilo tudo era uma bagunça. O orgulho dela se ferira. Ela não se deixaria ser um joguete para aquele homem, embora ele a tivesse feito se sentir como ninguém no mundo fizera antes. Ava percebeu, envergonhada, que o toque de John não lhe causara repulsa — ele, o milionário vindo da sarjeta que acabara de beijá-la para satisfazer seu capricho e, em vez de causar nojo e ódio nela, fez cada nervo de seu corpo vibrar de emoção! A humilhação! Mas aquele era o fim, ela não podia mais lutar. Fugir era a única forma de salvar sua dignidade.

O telefonema de São Francisco era sobre Larry. Descobriram que ele furtara dois mil dólares nos últimos dias, em pequenas quantidades, e o que seria feito a respeito?

Um brilho poderoso apareceu nos olhos de John, fazendo-o se parecer com César quando, em sua brincadeira violenta com Pompeia, a tivera à mercê de suas garras afiadas.

Ele ordenou que o sr. Cleveland fosse mantido sob vigilância e não soubesse que fora descoberto, mas que fosse levantada a possibilidade de ele estar sob suspeita, para que Larry ficasse tão preocupado com sua segurança que agiria.

John Gaunt sabia que Larry apelaria para Ava. Dessa forma, sua rede estaria se fechando ao redor dos irmãos. Mas a satisfação foi temporária. E se, encurralada, Ava buscasse a ajuda de *outro homem*?

De novo, aquela raiva primitiva tomou conta dele. O que poderia fazer a respeito?

Ava mantivera sua ameaça? Saíra do escritório? Ele telefonou para Chang com o telefone privado. As informações sobre cada movimento da srta. Cleveland deviam ser entregues a ele o mais rápido possível, assim como as de Carlton Hanway. Ele sabia que o sobrenome era conhecido, mas não tinha bastante dinheiro a ponto de ser famoso.

Aquele sexto sentido que sempre guiava John o fez sentir que Ava não retribuiria a devoção do rapaz — isso o confortou um pouco. Ele entedia as mulheres o suficiente para sentir a emoção que tomara conta dela ao ser beijada.

O perfume do cabelo dela! O corpo esbelto, a doçura dos lábios dela... Deus! As possibilidades de amá-la quando a tivesse conquistado por inteiro... John não acreditava que poderia conhecer tal paixão — ele, que controlara cada sentimento em sua vida!

Quando saiu para a parte nobre da cidade, a informação que seu motorista pôde dar foi de que a jovem com a rosa vermelha saíra apressada meia hora antes e tomara um táxi na esquina.

Então não havia mais o que ser feito no momento, e para acalmar os nervos John visitou o hospital para crianças com deficiência.

# XIX

Quando Ava alcançou a rua, sentiu uma estranha vertigem. Ela havia de fato queimado sua última ponte; parecia não haver mais o passado, apenas o futuro cinzento à sua frente! Ela sentiu o coração afundar. Estava muito nervosa. A calçada parecia estar a uma distância enorme dos pés dela e o céu parecia estar se aproximando. Ava prosseguiu, mal percebendo para onde ia, e então viu que estava do outro lado da rua do restaurante Child's. Entrou. Estava quase vazio àquela hora. Pediu uma xícara de chá-da-índia, cujo calor a fez se acalmar. Ali, ela poderia pensar sem chamar atenção. Qual era o sentido de tudo? O que ela fizera para John Gaunt pensar que podia ameaçá-la? O que um dia ela fizera para que os homens achassem que podiam tratá-la como amante em vez de esposa? Certamente era amaldiçoada.

    Ela estremeceu um pouco pensando no beijo, e então ficou furiosa pela memória causar tal emoção. John Gaunt e tudo a respeito dele devia ser retirado de sua consciência. E Larry? O que ele poderia estar fazendo para precisar de tanto dinheiro? Ava escreveria a Constance para pedir que descobrisse e cuidasse dele. Mas isso significaria dar a ela um endereço... Não. O que Ava poderia fazer? E onde conseguiria um trabalho que pagasse cem dólares por semana? Ela teria que ficar com Carlton Hanway! E com a mãe dele! E então, a imagem da humilhação de ter que dizer que não tinha dinheiro suficiente sequer para comprar o mais simples enxoval! Ela sabia que Carlton não aceitaria bem uma noiva cheia de dívidas. Ava, dependendo dos Hanways — da mãe e do filho! Não, certamente preferiria assumir a posição de acompanhante de uma dama, ou trabalhar em uma loja.

No entanto, o chá a esquentara e confortara, e a coragem dela retornou. Então, Ava prosseguiu de cabeça erguida, como de costume, mas um golpe a atingiu quando chegou ao apartamento de Mary: havia um telegrama de Larry dizendo que ela deveria enviar dois mil dólares para ele imediatamente, ou seria preso!

Os mil que Ava recebera pelo jantar ainda não haviam chegado a ele — o palavreado da mensagem estava no código que irmão e irmã sempre usavam quando separados. O assunto era tão urgente que não havia tempo para a carta chegar. Larry contava com a irmã para salvá-lo, não importando o custo para ela. Ele precisaria de mais dinheiro, mas dois mil dólares deviam ser enviados imediatamente.

A força pareceu abandonar os joelhos de Ava. Ela afundou no sofá e, enquanto o fazia, os olhos pousaram em dois envelopes que estavam debaixo do telegrama. Um tinha o logotipo de Claribel impresso no canto. Tomada por coragem, Ava o abriu sem hesitar. Era um recibo de duzentos dólares e uma ordem final exigindo pelo menos metade do dinheiro devido à firma, ou a questão seria entregue à lei. Ava sentiu que seu coração estava congelando.

O que poderia fazer? Havia duas opções.

Aceitar Carlton Hanway e então pedir a ele os dois mil dólares, ou ir vender o relicário de sua mãe e talvez conseguir o suficiente para acalmar as coisas por um pouquinho mais de tempo.

Que tipo de futuro Ava poderia ter com Carlton, se o noivado começasse de forma tão humilhante? De qualquer forma, ela era péssima em pedir ajuda e sabia que havia algo em sua natureza que não amadurecera o suficiente para levar a situação a mãos de ferro. Então, a visão de John Gaunt veio até ela, mas para quê? Ela deixara o emprego.

Ava parecia estar chegando em seu limite. Inconscientemente, pegou a outra carta. Era de Conklin Randolph. Ela escrevera ao Knickerbocker Club para agradecê-lo pelas rosas, colocando o endereço que presumia que ele já tinha, e até então não recebera resposta. O sr. Randolph estivera na Flórida, dizia a charmosa carta do velho amigo, mas negou saber das rosas, dizendo que, até receber a carta de agradecimento, não fazia ideia de onde era o apartamento de Mary! Quem, então, poderia ter enviado as flores? John Gaunt? Mas, não! Ele certamente não sabia do endereço... Carlton Hanway... Nunca! Aquilo era um grande mistério. Mas não havia tempo para especular sobre as rosas; algo precisava ser feito. Foi quando Mary entrou e ficou assustada com a expressão de Ava.

— É nosso menino de novo, querida?

Ava assentiu e Mary começou a chorar. Elas conversaram por uma hora, fazendo planos. Mary tinha mil dólares no banco, uma reserva secreta para a aposentadoria; Larry poderia usar.

Mas Ava não permitiria — a responsabilidade era toda dela.

— Guarde o dinheiro para quando estivermos passando fome, babá.

Eram quase seis horas agora, tarde demais para fazer qualquer coisa naquele dia.

Mas o relicário foi retirado de sua caixa de veludo e analisado. Os brilhantes ao redor eram belos e poderiam valer algo na penhora. Literalmente, não havia nada mais a ser usado. Aquele era o fim. E, não importava a quantia que conseguisse, Larry só teria metade. Devia ser bobagem a menção da prisão. Ava conhecia os exageros dele; aquilo era apenas para assustá-la. Rosenbloom deveria receber uma parte. Um súbito riso histérico assustou Mary.

— Talvez, babá, se me oferecer para jantar com o sr. Rosenbloom, eu consiga pagar a conta! Aparentemente é isso o que homens de negócios querem: jantar! — Lágrimas desciam pelas bochechas de Ava. — E sinto que esse miserável pode exigir muito mais do que o sr. Gaunt!

\*

John Gaunt passou uma péssima noite. Foi ao teatro para um espetáculo muito engraçado, e ninguém na divertida audiência sabia do ódio e da angústia no coração do homem sério na segunda fila. Ele se obrigou a ouvir cada piada; era seu hábito para disciplinar a mente quando tinha um problema enorme para resolver no dia seguinte.

Será que Ava voltaria? Ou havia mesmo deixado o emprego?

Quando ele retornou ao apartamento, Chang tinha algo para lhe dizer, informação adquirida por meio de seus contatos. Rosenbloom planejava atacar dentro dos próximos dias.

— Pague a conta inteira amanhã pela manhã e me traga o recebido. Foram as ordens que o homem recebeu.

A srta. Clover não compareceu ao escritório no dia seguinte, e muita especulação passou entre as vinte e duas datilógrafas. Agora, elas sentiam que sabiam que a coisa toda fora uma farsa.

John Gaunt ficou cada vez mais carrancudo sentado em sua poltrona de couro; Cleópatra não ousou subir no joelho dele. Na hora do almoço, Chang trouxe os relatórios sobre o paradeiro da srta. Cleveland. Ela saíra cedo e fora a duas lojas de penhores, mas, sem concordar com os valores, não deixara nada, e retornara ao apartamento. Chang enviara um emissário de confiança para essa tarefa e outro para pagar a conta com Rosenbloom, e ali estava o recibo. Um relatório completo das atividades da tarde seria trazido ao apartamento. Então, com a sensação de que podia estar mais perto dela ao estar no Brooklyn, John foi até o hospital onde Johnnie Alsop ainda era paciente. Ele teria mais notícias de São Francisco à noite e poderia então tomar uma decisão definitiva sobre o que fazer.

Era um dia vil, nevava muito, e as ruas eram uma massa semiderretida de neve e lama. Os postes começaram a acender às três da tarde e bruxuleavam sob a nuvem branca que escondia o céu pesado.

Ava voltara do almoço com Mary, totalmente desencorajada.

O relicário era à moda antiga, embora os diamantes fossem bons. Ninguém daria, por ele, uma quantia boa o suficiente em penhora. Talvez ela tivesse que vendê-lo, no fim das contas!

Ainda havia a loja no Brooklyn que Ava reparara antes. Quando ela houvesse se aquecido um pouco e comido algo, iria até lá tentar mais uma vez. Se falhasse... Bom, ela não iria pensar nisso agora; encararia a situação quando chegasse a hora.

John deixou o hospital por volta das três e meia. Seu Rolls-Royce dobrou na rua onde a loja de penhor estava, e ele viu Ava entrando. Ela tinha um relicário na bolsa; é claro que ele não sabia disso, mas entendeu que a missão devia ser penhorar algo. Ele sabia que ela não o vira, então parou o carro um pouco mais adiante, perto da loja de um confeiteiro, de onde podia observar a loja de penhores. O dia estava escurecendo com a neve derretida caindo. John entrou e comprou caixas de doces enquanto mantinha os olhos do outro lado da rua. Algumas crianças malvestidas estavam olhando os chocolates na vitrine, e ele entregaria os doces a elas.

    Ava demorou um pouco para sair. John percebeu que a cabeça dela estava baixa de desânimo e que ela não usava um guarda-chuva. Ele queria correr até lá e oferecer o carro, mas sentiu que seria imprudente, então esperou até que ela avançasse na direção oposta de onde ele estava, que sabia, pelo endereço que Chang lhe dera, ser a direção para o apartamento onde estava morando. Depois de alegrar as crianças com o presente, ele entrou na loja de penhores.

    Tinha sua própria maneira de lidar com os negociantes e logo descobriu que a moça tivera que vender uma joia, porque parecia muito ansiosa para conseguir uma certa quantia que não podia ser dada apenas com o penhor.

    John Gaunt comprou o relicário; era uma peça da Tiffany de mais ou menos vinte e cinco anos de idade. Ele o colocou no bolso e seguiu seu caminho. Logo alcançaria Ava se ela estivesse indo para casa. Ficara sabendo pelo negociante que a jovem pedira para ficar com a pequena foto dentro do relicário, mas que ele não a tinha observado bem; porém, percebera que era de uma senhora muito parecida com a moça, com a diferença de usar um estilo de cabelo mais antigo. De passagem, ele pensara que o retrato provavelmente era da mãe da jovem. Então, vendo que o novo cliente estava interessado, a memória se iluminou, e ele acrescentou que a jovem tinha os olhos marejados, e esse fora o motivo de ter lhe dado um preço tão bom! Ele era um homem bom, acrescentou.

    — Você é! — John murmurou consigo, mas quando entrou no carro soube que aquele incidente o tocara profundamente. Se Ava estava tão pobre que precisara vender o relicário de sua mãe, Larry deveria estar pressionando-a por dinheiro, e a pressionaria ainda mais nos próximos dias.

Então, se Ava não procurasse John por ajuda, ele podia fazê-la ficar de joelhos ao deixar Larry saber que seu furto fora descoberto e que a prisão o esperava. Ele nunca duvidou, nem por um momento, que as circunstâncias falhariam em dar-lhe o que mais queria.

Agora, o carro dobrara em uma rua cheia, onde os bondes passavam. Eles estavam terrivelmente lotados e difíceis de embarcar. O Rolls Royce parou no trânsito, e outra vez John viu a srta. Cleveland; ela estava se acotovelando entre as pessoas ansiosas e bastante grosseiras. Ele abriu a porta do carro rapidamente e saiu bem quando uma mulher empurrou a moça magra vestida de preto do degrau enquanto o bonde prosseguia, e ela caiu na neve semiderretida. John se apressou e a pegou nos braços bem a tempo de evitar que Ava fosse atropelada por um caminhão que se aproximava. Uma alegria maníaca tomou conta dele — todos os esquemas estúpidos e planos para fazê-la se submeter pareceram perder importância. Lá estava ela, segura em seus braços, sem resistir e desfalecida. A convenção evitou que John a afogasse em beijos, enquanto o perfume da rosa no casaco dela o intoxicava.

Ava, atordoada pelo choque e pelo medo, não o reconheceu até que John, por sua própria vontade, a pousou no chão, no meio-fio da calçada. Ela parecia um objeto pequeno, pobre e digno de pena. Mesmo naqueles poucos instantes enquanto percebia quem a salvara, aquela forte emoção sem nome a preencheu, aquele intenso algo magnético que sempre parecia emanar dele a envolveu. Ela quase gritou em voz alta: "Graças a Deus! Enfim não preciso mais lutar", mas, enquanto John a colocava de pé e a neve molhada caía em seu rosto, aquela coisa estranha que por vezes faz as mulheres se virarem e fugirem no último momento, bem quando elas mais querem se entregar, tomou conta de Ava e ela se endireitou, orgulhosa.

— Sr. Gaunt! Obrigada por me salvar.

Ava odiava dever a vida a ele — e ter que agradecê-lo por isso! A voz tremeu. O choque da frieza dela despertou o espírito de luta de John mais uma vez; ele sentiu o desejo de conquistá-la, tão profundamente que quase ficou com raiva.

— Você deveria tentar não pegar bondes nesse clima...

A voz profunda e atraente dele tinha uma nota de paixão. Ava sabia que, a não ser que se contivesse, a emoção a dominaria novamente.

— Não? Devo andar o caminho inteiro, então? — perguntou, sarcástica.

— Você pode pegar um táxi...

— Se eu pudesse pagar... Não posso. Pensei que você tivesse entendido isso.

— Que bobagem. Você não deve andar na rua. Entre no meu carro imediatamente. Está ensopada.

Ava hesitou. Queria rejeitar pelo orgulho e aceitar pelo desejo, mas algo mais forte que qualquer coisa que ela conhecera na vida a fez tremer sob o comando nos olhos dele, e obedientemente entrou no carro, cuja porta John mantinha aberta para ela.

Agora, ele lançou um truque de mestre. Colocou a manta sobre a cabeça de Ava e, erguendo o chapéu, fechou a porta. Então se apoiou na janela e disse, friamente:

— Informe ao motorista pelo interfone para onde deve levá-la. Adeus, srta. Cleveland. Estou feliz que não tenha se machucado na queda. — E gesticulou para que o funcionário prosseguisse.

Ava tinha um bom controle de suas expressões faciais, mas, antes que pudesse mostrar indiferença, John conseguiu ver a expressão de surpresa e... — aquilo era decepção? — nos olhos azuis lacrimejantes. Enquanto o carro seguia, John olhou para o chão e lá viu a patética rosa esmagada sob o excesso de neve ao lado do poste, onde devia ter caído quando ele tomou Ava nos braços. Ele se abaixou e a pegou, e com um súbito impulso romântico, colocou-a no bolso interno e foi em direção à cabina do táxi sob o granizo.

Quando chegou à quente e agradável biblioteca, John se sentou diante da lareira e pegou a rosa de novo. Estava murchando agora, mas exalava uma fragrância ainda mais forte. Ava era uma flor brilhante, mas o botão amassado parecia representá-la como estivera naquele dia — totalmente à sua mercê, em seus braços, tão frouxa quanto a rosa, e tão adoravelmente doce quanto. John beijou a rosa apaixonadamente, e as veias pulsaram em sua testa. No dia seguinte, ele fecharia o cerco. Sabia que não podia esperar muito mais.

# XX

Ava havia se reclinado contra o estofado do lindo carro. Sentia-se estranhamente depressiva. Por que John não a acompanhara? Ela estivera pronta para ser desdenhosa e superior com ele, e agora não teria mais a chance! A sensação da macia manta verde-escura e o cheiro de um charuto muito bom que se grudava a tudo começou a afetá-la. Parecia fazer tanto tempo desde que ela se despedira de todas aquelas coisas, mas fazia menos de um mês! Será que algum dia seriam dela outra vez? E a que preço? Pois, mesmo que aquele período horrível passasse e o dinheiro de março entrasse, não duraria muito, e Ava era conhecida em Nova York desde os dezoito anos. Todos os homens do mundo dela a conheciam, e talvez não a desejassem mais. E então? Apesar da manta, Ava tremeu e descobriu que a lateral direita do corpo doía um pouco.

Ela havia dado ao motorista o endereço, e eles se aproximavam do apartamento. Se sentia quente e protegida pela manta e pelas portas fechadas do carro, com a neve caindo lá fora. Ava desejou que seu destino fosse mais distante; os três lances de escada poderiam ser dolorosos de subir.

Quando chegasse ao pequeno apartamento, Mary ainda não teria voltado, e não haveria fogo até que Ava o acendesse. Mas na bolsa ela tinha o suficiente para pagar a Rosenbloom mil dólares e enviar os dois mil para Larry. Para se confortar com esta realidade, colocou a mão dentro da bolsa que, durante a queda, ainda estava pendurada em seu braço. Estava aberta! E vazia.

O choque foi tamanho que a pobre moça, com frio, abalada e machucada, quase desmaiou.

Então se precipitou para chamar o motorista — eles precisavam dar meia-volta! Talvez um policial tivesse visto e talvez...

O motorista deu meia-volta — ele era empático —, e um policial foi encontrado perto do local e informado da situação. Ele tinha pouca esperança de que o conteúdo da bolsa fosse recuperado. Milagres raramente aconteciam, mas, vendo o carro, o motorista e a jovem muito atraente, ele pensou que a perda não seria um problema para Ava. Pediu o endereço dela e todos os detalhes, e um olhar de surpresa insolência cruzou seus olhos quando ouviu o endereço. Ava se enfureceu. O motorista, aquele irlandês cavalheiresco, também viu o olhar e se irritou.

— A jovem se feriu no acidente e meu chefe a enviou para casa no carro dele. Se a polícia mantivesse as ruas mais seguras... Céus, não haveria acidentes e roubos.

Os dois homens, ambos irlandeses, estavam prontos para brigar — o metro e meio de Mike nada em comparação ao um metro e oitenta de Donovan. Ava interferiu e contou sobre a loja de penhores onde a polícia podia conseguir informação sobre a conta. Então se virou para entrar outra vez no carro. A neve estava caindo rápido e, enquanto se afastavam, Mike gritou para o policial:

— Darei seu número ao meu chefe! A Irlanda tem vergonha de você!

Ava estava tremendo dos pés à cabeça.

*Que golpe terrível.*

Chang estivera fazendo trabalho de detetive sozinho naquela tarde, e já sabia o suficiente sobre os habitantes do apartamento, a velha Mary e sua inquilina. Havia acabado de voltar para as sombras no hall de entrada, depois de conversar com um dos moleques que sempre estavam por ali, quando o sr. Rosenbloom entrou e começou a subir as escadas. Tinha avistado Ava quando o carro se aproximou. Ele não havia estado no escritório naquele dia e ignorava o fato da conta ter sido paga. Um dos garotos a quem dera os cinco centavos o reconheceu, e deu sua opinião sobre ele a Chang.

— Ele está atrás da terceira à direita, pode apostar.

Chang pensou em esperar um pouco. Assim, viu Ava sair do carro de John, e rapidamente voltou para as sombras para que Mike não o reconhecesse.

Ava agradeceu o motorista docemente em sua voz refinada.

— Sinto muito não ter nada melhor a dar a você, exceto meu aperto de mão — sussurrou ela, estendendo a mão para um cumprimento. — Mas admiro seu esforço em encontrar meu dinheiro. Sou muito grata.

Mike tirou o chapéu e, ficando vermelho como um tomate, apertou a mãozinha fria dela, a luva ainda molhada e enlameada.

— É uma honra, senhora! É uma honra, tenha certeza — disse ele, quase com os olhos marejados. — Mas o sr. Gaunt vai recuperar seu dinheiro. Ele é o melhor cavalheiro do mundo e conhece esta vizinhança e a polícia muito bem.

Ava endireitou a postura arrogantemente, e então lembrou que aquele rapaz falava com gentileza. Agitada, os olhos azuis marejaram e ela sorriu com tristeza.

— Por favor, não diga nada disso a ele, eu imploro — Ava pediu, e Mike por fim prometeu.

Só então ela subiu as escadas. Até que alcançasse o primeiro patamar, foi capaz de manter os passos, mas depois a dor do machucado a fez mancar e se arrastar, e ela chegou à porta, se deparando com o sr. Rosenbloom lá.

— Lindo carro, srta. Cleveland! E mesmo assim não paga o dinheiro que me deve!

— Me deixe passar!

Rosenbloom estava entre ela e a porta e apenas a observou cheio de desejo.

— Te expliquei antes que há duas maneiras de pagar contas, e bem sei por ter visto suas provas de roupa que você valeria o dinheiro que deve! — A voz dele ceceava, e seus olhos pretos brilhavam com sensualidade à pouca luz.

— Me deixe passar ou gritarei por ajuda! — Ava estava desesperada.

— Te darei um carro tão bom quanto aquele! — E Rosenbloom tentou prendê-la nos braços, mas Ava escapou. Então ele gritou: — A imprensa saberá da história toda: "A srta. Cleveland *bancada* por um amante no Brooklyn"!

Enquanto ele sibilava a última palavra, um homem silencioso saiu da escuridão e agarrou o tornozelo de Rosenbloom, fazendo-o cair de cabeça escada abaixo. Ava, colocando a chave na fechadura, entrou no apartamento, grata demais por ter escapado de mais insultos para sequer ficar curiosa com o que estava acontecendo. Mas a raiva que sentira a envolveu. Ela acendeu a luz a gás e em seguida a lareira antes de perceber que os joelhos estavam começando a ceder. Então jogou-se sobre o sofá e as lágrimas começaram a jorrar em silêncio de seus olhos tristes, enquanto seu corpo magro tremia como se acometido por uma febre.

\*

— Ah! Pobre cavalheiro!
Chang foi muito empático com o sr. Rosenbloom, caído no patamar abaixo. Ele estivera subindo, explicou, e não vira a perna ali na meia-luz. Não havia sentido em xingá-lo quando tudo não passara de um acidente! Ele podia ajudar o cavalheiro a se levantar? E conseguir um táxi ou levá-lo para casa? Rosenbloom, rugindo furiosamente, não aceitara a oferta — não sabia se o joelho estava torcido ou a cabeça quebrada, estava com tanta dor...

Assim foi o relatório do homem quando o apresentou ao chefe naquela noite, contendo todo tipo de informação. Mike não prometera nada sobre não contar ao sr. Chang da perda do conteúdo da bolsa, e estava certo de que a Virgem Santa o perdoaria se isso de alguma forma ajudasse a pobre moça a conseguir o dinheiro de volta!

*

John Gaunt andou de um lado a outro na sala depois que Chang se retirou. Estava muito perturbado. Uma raiva mortal e silenciosa o preencheu ao pensar em Rosenbloom. Ele se vingaria do otário no dia seguinte! Xingou como não xingava desde que deixara o bairro Bowery. Então, começou a fazer planos concretos para seu próximo movimento no jogo que estava jogando com o Destino. O decorador francês deveria ser instruído a terminar os cômodos imediatamente. Ele já sabia que o dinheiro ilimitado pode fazer milagres, e dessa vez já conseguira maravilhas — os cômodos estavam praticamente prontos, sendo necessários apenas alguns retoques finais.

John se comunicou com a polícia a respeito do conteúdo da bolsa, mas tinha pouca fé que fosse recuperado, embora o penhorista houvesse descrito as notas e os números para que algumas delas pudessem ser rastreadas. Em seguida, falou longamente ao telefone com seu gerente em São Francisco. O sr. Cleveland estava em seu apartamento, doente, e não estivera no escritório havia dois dias. Tudo estava pronto para o ataque quando a ordem fosse dada. Depois disso, John se sentou por uma hora com Pompeia sobre o joelho, as sobrancelhas franzidas. Estava sentimental, pensando em Ava. A perda da bolsa podia fazer parte de seu jogo, mas devia estar causando a ela grande sofrimento mental, e o orgulho dela devia estar ferido pela ação de Rosenbloom. Ava também estava com dor física, Mike contara para Chang. Ela simplesmente se arrastara escada acima. Isso não podia continuar assim...

Então, o humor de John mudou, e Carlton Hanway apareceu de repente em sua mente. Sempre havia aquele perigo. O que ele faria a respeito? O ciumento instinto masculino veio com tudo. Outro poderia conquistar o que John determinara ser seu! Ele estava consciente da raiva vermelha tomando conta de si outra vez. Mal podia esperar pelo dia seguinte para começar a agir.

Ava ainda estava encolhida no sofá quando Mary entrou. O fogo se apagara; não havia sido aceso corretamente, mas ela ainda estava dolorida e triste demais para se arrastar até a lareira e reacendê-lo.

— Mary... minha carteira foi roubada no caminho de volta... Eu tinha conseguido o dinheiro... e agora se foi...

— Meu Deus!

Ava assentiu impotentemente.

— Talvez as notas possam ser rastreadas, pois eram de grande valor... Mas pode ser que leve dias, e enquanto isso... Rosenbloom... e Larry...

— Querida... você está toda molhada e tremendo. Vá para a cama e eu te levarei um pouco de leite quente. Você telefonou para a loja de penhores?

— A polícia está lidando com o assunto. Caí na neve derretida enquanto tentava embarcar no bonde. O sr. Gaunt estava passando, me ajudou a levantar e me mandou para casa em seu carro. Só descobri que o conteúdo da bolsa tinha sumido depois... e voltamos, demos os detalhes... Ah, babá, o que poderei fazer por Larry?

Mary pensou.

— Bem, há o sr. Carlton Hanway, enviado pela Providência...

Miserável, Ava balançou a cabeça...

— Ele não sabe que não estou na Virgínia. Ele não sabe nada sobre eu estar me escondendo e trabalhando. Não sei como reagiria.

— Como qualquer cavalheiro reagiria, querida. Se te pediu em casamento, ele ficaria feliz em te ajudar.

— É isso, Mary, que eu *não poderia fazer*. Se ele me tocasse ou me beijasse eu gritaria. É estranho, mas sou assim. Parece que me transformo em um porco-espinho se a pessoa errada me toca... e não dá para se casar com um homem e não deixar que ele te toque...

— Ah... minha querida! Por que tanto pudor? Acho que você se acostumaria rápido. E um lar é um lar, um homem é um homem...

Então Mary teve outra ideia.

— Bem, então por que você não pede ao sr. Gaunt?

Ava sentou-se, juntando as mãos.

— Saí do trabalho, não posso implorar a ele... E ele não está feliz com o desempenho de Larry.

— Ah, querida... que orgulho todo é esse? Você não aceita o sr. Hanway porque não aguenta o toque dele, e não pedirá ao sr. Gaunt porque saiu do emprego. E ainda há Rosenbloom; ele pode publicar tudo, e nosso menino pode ser demitido!

O rosto branco e desesperado da moça fez Mary se esquecer de todo o resto por um momento. Ela colocou seus braços velhos e fortes ao redor de Ava, a levou para o quarto e, com carinho, a despiu, banhou e cuidou dos arranhões.

— Agora você descansará aqui, querida, na sua cama, até que eu te traga o leite...

Ava não relutou mais. Já estava tarde para fazer qualquer coisa além de telegrafar para Larry. Mary enviaria o telegrama quando estivesse escrito. Então Ava cambaleou até a mesa e o escreveu.

*Minha carteira roubada hoje, nada a enviar se não achar. Terrivelmente triste. Ava.*

Ela endereçou ao irmão e foi se deitar. Pensaria, ali entre os lençóis — de linho, relíquias de dias melhores e que agora pareciam gelados no cômodo frio. Mas não conseguiu pensar muito, pois Mary tinha uma garrafa de uísque escondida, que fora comprada no Natal. Ela colocara uma dose da bebida no leite fervente, o que fez Ava apagar em dez minutos e a deixou "dormindo como um bebê".

Mas John não conseguiu dormir — e aquela intuição dele sorriu cinicamente. Ele sabia que estava respondendo a cada instinto masculino primitivo. E mais tarde, enquanto Ava se remexia inquieta, ele caminhou de um lado a outro com as mãos em punho.

# XXI

Desde que John Gaunt retornara da Califórnia com os planos definitivos que ele agora conduzia, ordens foram dadas ao melhor negociante de pérolas para conseguir as maiores trinta e seis pérolas inteiras que pudessem ser encontradas na cidade de Nova York.

— Ninguém deve tê-las usado — John disse para si mesmo. — A dela deve ser a primeira pele de mulher que as pérolas tocarão.

O fecho de brilhantes também deveria ter saído das minas de Amsterdã.

Ele não queria pedras preciosas com história, saturadas de tradição e vibrando com influências antigas. Quando Ava fosse dele, apenas o que John selecionasse teria contato com ela. A vontade dele reinaria suprema. E, quando estivesse a seu dispor, então John se permitiria adorar e aprender tudo o que Ava pudesse ensinar. Mas a palavra final tinha que ser a de John, agora e para sempre, ou não haveria felicidade para eles.

As pérolas o agradaram quando o joalheiro as trouxe no dia seguinte. O preço fabuloso deu a ele a sensação de satisfação por poder comprá-las com seu próprio esforço. Para que ficassem inteiras, deviam ser moldadas em minúsculos copos de platina finamente trabalhada e cravejada de diamantes.

Os moldes estavam prontos para prender as gotas de delicada iridescência suave.

Tranquilo, César pulou na mesinha na qual as pérolas estavam em uma bandeja coberta de seda branca. Com sua patinha graciosa começou a brincar com elas, empurrando-as aqui e ali enquanto John sorria. Gatos e mulheres! Eram iguaizinhos. Pérolas eram seus brinquedos prediletos.

A inquietação da noite anterior desaparecera. John estava sereno. Ele devolveu as pérolas para o joalheiro que esperava no hall.

— Os moldes devem ser feitos imediatamente e o colar entregue às seis, esta noite. Foi tudo o que ele disse enquanto o homem se retirava.

Depois, John entrou na suíte recém-decorada.

Estava uma agitação só. Cinco homens trabalhavam, e duas mulheres estavam sentadas no chão, costurando. Os cômodos deveriam estar prontos às cinco. John percebeu que o monsieur Gerand trabalhara bem. O sangue correu mais rápido em suas veias quando começou a imaginar Ava ali.

Ele era sempre cordial, então disse algumas palavras encorajadoras antes de voltar para a sala de estar. Não passaria no escritório naquele dia.

O relatório de Chang dizia que a srta. Cleveland ainda não saíra do apartamento de Mary O'Connel depois de retornar na noite anterior.

De fato, Ava dormira um sono pesado e meio drogado até quase meio-dia, e então acordou de súbito. Enquanto a mente dela saía da inconsciência em um meio sonho, uma ameaça terrível pareceu perturbá-la. Alguma coisa horrível a respeito de Larry. Ela deu um gritinho, e Mary entrou correndo para vê-la saindo da cama, assustada.

— Querida! O que foi?

Ava despertou de todo.

— Onde estou? Ah, babá, eu estava sonhando com Larry. Sei que algo terrível aconteceu com ele.

— Deus nos acuda!

— Devo me vestir e pensar no que fazer. Não chegou um telegrama dele?

— Nenhum.

— Vamos ver a data do último.

Mary foi procurar na sala de estar enquanto Ava começava a aprontar a pequena banheira para um banho. Nada de banheiros luxuosos em sua nova vida! A fiel babá precisava esquentar a água no fogãozinho.

— Veja, babá — Ava exclamou quando leu a data e hora no pedido de Larry —, foi enviado três dias atrás, à noite. Só o recebemos ontem de manhã, e eu estive fora o dia todo. Ele deve ter recebido meu telegrama sobre a perda do conteúdo da bolsa. O que pode ter acontecido? Não pode ser verdade que ele corria o risco de ser preso.

As duas se entreolharam, surpresas.

— Devo telegrafar de novo imediatamente.

— É muito caro, querida, e só temos cinquenta dólares do seu salário. Vinte dólares da semana passada e dez de cada semana anterior, mas precisamos ter notícias do nosso menino.

Então elas quebraram a cabeça com as palavras e enviaram um pedido de notícias a São Francisco. Mary o levou depois de dar o almoço a Ava. A pobre criança ainda estava dolorida e triste pela queda. A neve parara, e as ruas eram uma massa de gelo derretido e lama. Ava estava grata por ficar na sala de estar iluminada pela lareira e esperar por notícias.

A ansiedade cresceu conforme as horas passavam e nenhuma notícia veio, e quando já havia escurecido, depois das cinco horas, Mary retornou de seu trabalho.

Ava estava sentada apenas à luz do fogo. Estivera preocupada demais com o irmão para ter tempo para seus próprios problemas ou para o que faria no futuro.

— Não tivemos resposta, Mary.

Mas, enquanto falava, passos foram ouvidos lá fora, e uma batida súbita e impaciente soou.

— Será que é aquele miserável do Rosenbloom outra vez, babá?

Mary foi com cuidado e abriu a porta alguns centímetros, mas Larry passou por ela e quase caiu nos braços de Ava.

— Vim de avião, irmãzinha. Eu estaria na cadeia se não tivesse fugido. Eles pensam que estou doente, de cama.

— Larry, Larry, o que é isso? O que você fez?

A voz de Ava, enquanto o abraçava, não passava de um soluço.

— Preciso dos dois mil dólares amanhã. Não tenho saída. Eles me prenderão a não ser que você consiga o dinheiro para mim! — disse ele.

Mary, solícita, tirou-lhe o sobretudo e o cachecol. Ele podia ser um patife, mas era o menino dela, seu amado bebê cujas bobagens sempre eram perdoadas.

Ava se sentou no sofá.

— Ah, Larry! Nós não temos nada. Eu tinha dois mil dólares em notas pela venda do relicário de mamãe, mas uma mulher me empurrou do bonde ontem e caí na lama. Minha bolsa deve ter aberto e o dinheiro sumiu. A polícia disse que só há uma pequena chance de recuperar a soma.

Larry caiu pesadamente no braço da cadeira. Seu rosto atraente estava pálido e exausto, por três dias não fora barbeado, e seus olhos geralmente corteses tinham uma expressão amedrontada.

— Eu estava contando com você — lamentou-se ele, reprovador. — Nunca pensei que me deixaria na mão.

— Ah, Larry! Eu jamais faria isso. Mas como poderia evitar o que aconteceu?

Ele enterrou o rosto nas mãos.

— Lo-Lu acabou comigo, e o esquema de contrabando era certeiro se você tivesse enviado o dinheiro que pedi. Como não enviou, pensei que fosse seguro usar um pouco do que eu recebia para entreter os clientes. Eu teria devolvido tudo de uma vez. E então eles pareceram suspeitar, e eu soube que precisava fugir antes que descobrissem alguma coisa.

Ava estava infinitamente perturbada. Seu irmão, seu tão amado irmão havia sido desonesto! E ele havia... roubado... de John Gaunt.

— Ava, você deve pedir ao sr. Gaunt para fazer vista grossa. Você deve explicar tudo. Você tem que conseguir.

Imóvel, Ava encarava o vazio.

— Não posso. Saí do emprego, Larry.

Ele se exasperou.

— O quê... Por quê? Como pôde ser tão tola?

— Foi preciso. Ele era impossível. Precisei fazer isso por minha dignidade.

Irritado, Larry se levantou.

— Ah! Lá vem essa conversa de dignidade! Você deveria pensar em mim às vezes. Quer me ver na prisão? Se isso puder ser remediado, me casarei com Bolivia Bromworth. Clarence tem sido muito tolo, então desisti de Constance. Ava, você deve fazer algo em relação ao sr. Gaunt.

As palavras dele terminaram num tom implorante ao qual Ava nunca era capaz de resistir.

— Ele ficaria feliz em me humilhar e negar... A não ser que... Suponho que você consiga imaginar qual seria o preço. — Ela perdeu o ar.

Larry desviou os olhos. Não conseguia encarar a irmã.

— Bem, você não pode se casar com alguém? Você não tem um pretendente?

— Carlton Hanway me pediu a mão outra vez, mas se eu iniciar o relacionamento pedindo dinheiro para salvar meu irmão da prisão, não daria certo, mesmo me concedendo a soma. Ele é avarento, e a mãe vai negar, de toda forma. Os homens não são tão generosos nos assuntos de família. Além disso, eu não poderia, não poderia me casar com ele. Não suporto o toque dele!

Larry ficou muito irritado.

— Lá vai você! Sempre essa maldita resistência. Sempre essa maldita reclamação por ser tocada. Quem você pode deixar que te toque, então? É tudo uma bobagem no casamento. Você acha que vou ficar feliz em tocar a velha Brom? Mas farei isso, pela família.

Ava torceu as mãos.

Então Larry caiu em desespero e se jogou no sofá ao lado dela, e inclinando a cabeça contra o ombro da irmã, quase chorou.

— Irmãzinha... Irmãzinha... Eu dependia de você. Carlton Hanway provavelmente não é bom. Mas John Gaunt é. Ele não te manteria lá fingindo ser datilógrafa se não tivesse uma queda por você! É claro que você pode fazer o que quiser com ele.

— Com um preço. — As palavras saíram sufocadas de seus lábios secos.

Larry ficou ainda mais desolado.

— As coisas não são tão malvistas quanto antes. Ninguém saberá nem se importará. Irmãzinha, você não pode me deixar ir para a cadeia.

— Ai, meu Deus! O que devo fazer?

Naquele momento, Mary, que estivera na cozinha, voltou com um pouco de leite quente.

— Larry, querido! Venha descansar na cama um pouco. Você está muito cansado, querido. Aqueles aviões sugam a vida da gente. Aqui, beba o leite. A srta. Ava vai consertar as coisas para você. Nós ajudaremos nosso menino!

Larry se permitiu ser convencido. Sabia que havia tocado a irmã. Ela nunca falharia com ele. Era melhor deixá-la sozinha um pouco. Então permitiu que Mary o levasse até o quarto e o colocasse para descansar na cama de Ava. As coisas não eram mais de sua responsabilidade, e ele precisava dormir.

# XXII

Ava ficou sentada encarando o fogo, a mente completamente vazia. Chegara ao fundo do poço. Mary voltou para pegar o resto do leite e parou, colocando uma mão carinhosa no ombro dela.

— Querida, não há saída. Você terá que aceitar minhas economias. — As lágrimas desciam por seu rosto fiel. — Nosso menino... meu bebê... ele não pode ir preso, não podemos deixar, não podemos...

— Acalme-se, Mary. Deixe comigo.

Mary voltou para o quarto e fechou a porta. Ela sabia que, se Ava tinha falado naquele tom, não havia nada a ser feito.

A moça hesitou por um segundo. Depois, levantou-se, determinada, e foi até o telefone. Discou o número do escritório do sr. Gaunt e a srta. Shrimper atendeu, fingindo não saber de quem era aquela voz e perguntando quem ligava.

— Srta. Cle... Srta. Clover.

— O sr. Gaunt não está aqui hoje. — Os tons se tornaram insolentes. — Pensamos que você estivesse doente. Voltará amanhã?

Ava não satisfez a curiosidade dela.

— Muito obrigada, adeus. — E colocou o fone no gancho.

Talvez ele estivesse no apartamento. A animação crescia dentro dela. Onde colocara o cartão de visitas dele?

Ela o encontrou depois de um momento e ligou para o número. Pareceu uma eternidade até que Chang atendeu!

— Posso falar com o sr. Gaunt, por favor? É a srta. Cleveland.

Houve uma pausa — as batidas do coração pareciam ressoar nos ouvidos de Ava — e então a voz profunda de John disse:

— Sim?

— Senhor Gaunt... — Ele quase podia ouvir um choro. — Se... eu pagar... qualquer que seja o preço que você pedir... você perdoará meu irmão e não fará nada...?

Do outro lado da linha, ele respondeu:

— Sim.

— Bem... o quê...?

— Você jantará comigo esta noite, às dez. Meu carro irá te buscar; o motorista sabe seu endereço.

— O carro virá me buscar... muito bem... — A voz falhou, e ela colocou o telefone no gancho.

Estava feito. Ela encarou o fogo mais uma vez, e Mary entrou na sala em silêncio. Larry estava confortável agora.

Ava ergueu o olhar.

— Vou jantar com o sr. Gaunt — disse ela, sem expressão.

Mary jogou as mãos para cima.

— Rezarei para a Virgem Maria!

Mas Ava a interrompeu, suas emoções explodindo.

— Não fale em virgens! Pegue as chaves, vá até a Park Avenue e me traga meu vestido carmesim de tule!

\*

— É a única maneira, é a única maneira — Ava repetia para si mesma enquanto caminhava de um lado a outro na sala, onde Mary a deixara ao obedecer a ordem.

Uma agitação assustadora tomava conta dela, de forma que não percebia a dor na lateral do corpo. Se tivesse parado para analisar, teria se perguntado por que não se sentia deprimida ou com vergonha e medo; Ava não analisou, mas reconhecia que o pensamento de apelar a Carlton Hanway parecia impossível para ela — absolutamente impossível. Ela não podia sequer pensar em deixar que a tocasse como marido, mesmo se só por alguns anos, para salvar Larry. Não ia encarar o fato de que pagar fosse lá qual o preço que John Gaunt pediria seria muito melhor. Ela riu histericamente uma ou duas vezes, e então conferiu as horas.

Mary, que pegara o bonde, não voltaria antes das oito. O vestido ainda precisava ser passado e engomado. Ava deveria estar linda e impressionar o sr. Gaunt com a lembrança da srta. Cleveland que ele conhecera na casa dos Meriton, e que pertencia a outro mundo... Agora, ela estava gelada de agitação — os pensamentos se apressavam, especulando o que aconteceria. Estava totalmente inconsciente do estranho "It" de John atraindo-a de forma que algo em seu ser clamava em alegria o cântico "Canção de Maria" pelo destino tirar a situação das mãos dela e colocar nas dele.

Ava pensou que estava preparada para fazer o grande sacrifício que uma mulher pode fazer — tudo pelo dever — para salvar seu irmão. Apenas uma vez a sugestão levemente cínica veio a ela de que se John Gaunt fosse Carlton Hanway...

Mary estava tomada de surpresa quando retornou com o vestido, tendo deixado Ava andando de um lado a outro, para encontrá-la passando uma delicada lingerie, e vermelha de vergonha.

— O que significa tudo isso, querida?

Ava olhou para a tábua.

— Significa que tenho que persuadir o sr. Gaunt a perdoar Larry. Babá, você sabe disso, e é claro que devo estar linda...

Mary deu as costas. Ava odiou que a babá tivesse testemunhado o pedido de Larry — que ela, Ava, irmã dele, se sacrificasse para salvá-lo.

Se Mary era contra, guardou para si. A posição dela era desesperadora — seu menino estava em perigo. Suas próprias economias não podiam salvá-lo, então Ava precisava fazer o que fosse preciso.

— Deixe-me passar a roupa, querida. Deite-se no sofá. Você tem que estar linda, eu que estou dizendo, e sou apenas uma velha!

John mandou chamar a srta. Mellon no fim de tarde. Deu instruções precisas sobre o que ela deveria fazer e dizer quando a convidada que ele estava esperando chegasse, às dez. Depois, tornou a ir até a suíte recém-decorada. Estava terminada, e o próprio monsieur Gerand estava ali sozinho; os trabalhadores tinham ido embora.

John Gaunt apertou a mão dele enquanto entregava-lhe um cheque vultuoso.

— Você fez maravilhas, sr. Gerand, muito obrigado.

O francês sorriu. Depois, John voltou para sua própria sala. Ele daria aos floristas tempo para colocarem vasos de flores nos cômodos — para a sala, as mesmas rosas vermelhas que Ava recebera, e a srta. Mellon fizera a cama com lençóis de linho fino incrustrados de renda de bilros.

Ele mesmo colocaria o perfume nas garrafas de cristal e na fina roupa de dormir parisiense nas gavetas, e por fim colocaria um medalhão sobre a penteadeira.

Às nove horas, ele foi se vestir e, mesmo em quarenta anos de vida, nunca sentira tanta emoção.

# XXIII

O relógio bateu dez horas. Ela chegaria na hora certa? Tudo estava pronto. Uma pequena mesa fora preparada para o jantar — jantar para dois — nos fundos, assim não teria que passar do hall para a sala de jantar.

John ficou de pé diante do fogo em seu traje noturno. Vestia seu colete branco e sua camisa com duas abotoaduras de pérolas.

Não faltava nenhum detalhe, tudo fora feito pelos melhores artistas de Londres e Paris. John estava de cabelos penteados e barba feita, e suas unhas estavam perfeitas e não tão brilhantes quanto costumavam ser.

E a personalidade vigorosa e poderosa ficou mais intensa que antes. Com a diferença de que era alto, John Gaunt se sentia como Napoleão devia ter se sentido em seus trajes de coroação.

As mulheres sempre eram afetadas pela limpeza e pelas roupas de um homem, e John sabia disso. Ava merecia que ele estivesse bem-vestido.

Os dois gatos pareciam inquietos, quase como se sentissem que algo muito importante estava prestes a acontecer no destino do mestre — e talvez nos deles também.

A srta. Mellon usava seu melhor vestido de seda preta e o esmaltado broche com moldura ducal sobre minúsculos cardos de ametistas — uma lembrança do casamento de seu falecido chefe. No entanto, ela pensou, enquanto examinava a suíte, que nenhuma duquesa tivera um quarto mais sofisticado preparado para sua chegada. Então repetiu a frase que diria para a dama que chegaria em breve.

Enquanto isso, Ava estava dando os últimos retoques em seu cabelo preto cortado reto. Ela escolhera o último vestido que comprara na Claribel para a visita à Califórnia, e que nunca havia usado. Era de um macio tule cor-de-rosa intenso — da cor de suas rosas; agora havia três delas presas ao cinto. A roupa valorizava sua silhueta.

Mary sugeriu que um xale rosa-carmesim fosse enrolado por baixo da grande e velha capa de pele. Naquele momento, Mike, o motorista irlandês, bateu à porta. O carro chegara.

— Muita boa sorte, querida. Que a Virgem te proteja e salve nosso menino — a babá disse enquanto beijava Ava e, quando a moça havia desaparecido escada abaixo, ela voltou à sala de estar e encarou a lareira enquanto rezava.

Queria manter suas ilusões.

Ava puxou a manta felpuda no carro e se reclinou no estofado macio. Nunca na vida havia sentido uma emoção tão profunda; e toda vez que pensava em John Gaunt um entusiasmo trêmulo passava por ela.

Ela devia manter a cabeça no lugar.

Qual seria o preço?

Chang abriu a porta para ela depois da longa viagem. Fazia frio, mas as bochechas dela queimavam.

A srta. Mellon se aproximou com gracioso respeito e indicou que Ava devia segui-la. Elas entraram no boudoir pintado de verde-água e suavemente iluminado.

— Ah, que lugar lindo! — Ava não conseguiu evitar exclamar, parando, e então seguiu a governanta até o quarto rosa e cor de damasco. As portas amplas do provador abertas mostravam o cômodo decorado com laca vermelha de Luís XV.

Todas as cores favoritas dela! O que significava? Ali estava uma suíte obviamente feita para uma mulher. Era para Ava?

— Também acho que é lindo, madame! — A voz da srta. Mellon interrompeu a especulação dela. — O chefe ordenou que fosse feita para satisfazer o gosto da dama com quem ele vai se casar.

Ava estava colocando a capa sobre a cama, e ficou satisfeita por poder desviar o rosto. Sentiu que estava empalidecendo.

— Então o sr. Gaunt vai se casar? — perguntou ela, soando tão indiferente quanto pôde.

— Sim, madame. Em alguns dias, ele nos disse, com uma dama que conhece há muito tempo.

Ava se sentou e fingiu estar abotoando seu sapato de cetim. Seus joelhos tremiam.

John ia se casar! E mesmo assim havia concordado em pagar o preço daquela noite! Que humilhação! Ava se lembrou da indiferença fria dele ao colocá-la no carro depois do acidente, e, de fato, o tom de voz dele ao telefone fora sério, não desejoso, quando conversaram mais cedo. Então, uma onda de ciúmes afogou todos os outros sentimentos. *Ele teria outra mulher nos braços depois dela.* Ah, mas seria isso — *depois dela!*

*

Ava cerrou seus dentes brancos. Estava com vontade de matar sua rival desconhecida.

Mas *ela* pertenceria a John primeiro!

Todos os modos, todas as convenções da sociedade, a deixaram. Ela sabia, enquanto estava sentada, cutucando o botão do sapato, que era apenas uma mulher que amava esse homem estranho com todo seu coração apaixonado e que planejava segurá-lo com todos os truques que conhecia.

Sabia que John já havia a desejado, quando ela deixara o escritório. Ava reacenderia esse desejo!

Os fingimentos a deixaram; percebeu que não eram as necessidades de Larry que a levaram até ali — aquele pretexto era o meio que ela agarrara para salvar sua dignidade! O motivo de ter ido era porque amava John Gaunt. Ela mal sentia a humilhação agora; seu sangue estava quente.

Ava teria suas horas de alegria, mesmo que o dia seguinte fosse de luto, poeira e cinzas.

Então, depois de um momento, ela se levantou com dignidade e seguiu a srta. Mellon até o hall, onde Chang a esperava para levá-la à presença de John.

John Gaunt avançou para encontrar a convidada e estendeu a mão.

Ava estava muito sedutora. Estendeu a dela com altivez; estava fria como gelo.

— Você está congelando — disse ele enquanto a conduzia para perto da lareira.

Os tons na voz dele eram profundos e ternos. Uma agonia dolorida de repente disparou pelo coração da moça; saber que John um dia a desejara não a confortava. Ele concordara com a presença dela por um preço, e Ava poderia ouvir aquela voz para sempre, mas não passava de um brinquedo que seria deixado de lado dentro de algumas horas!

John estava calculando todas as reações dela. Viu que Ava estava mortalmente pálida e, apesar do controle superficial, estava emocionada.

O jantar precisava ser servido imediatamente; aquele não deveria ser um momento tenso!

Ele serviu um drink e deu a ela. Ava o aceitou em silêncio e bebeu.

Precisava acalmar os nervos.

— Talvez você tenha comido cedo, deve estar com fome. Devemos jantar agora? Ou você quer se aquecer primeiro?

Ava se arrepiou.

— Quero me aquecer.

Ela estendeu seus dedos translúcidos para as chamas. Eles estavam bastante perto. Sua mão mais uma vez atraiu John.

— Suas mãos certamente não foram feitas para o trabalho... srta.... Clover. A propósito, devo perguntar outra vez como perguntei da última, quem está aqui esta noite? Srta. Clover ou srta. Cleveland?

— Isso importa?

— Sim... Quero saber.

— Srta. Cleveland, então. Ela provavelmente será melhor tratada.

— Então você acha que o patrão da srta. Clover não a trata bem?

— Não exatamente. Ele era um tirano que pagava mais do que o cargo exigia, então pensava que tinha o direito de ser grosso com ela.

Por dentro, John sorriu. Aquele era o humor dela! Desafiadora. Muito bem.

— Sinto muito que você tenha essa opinião sobre ele. O resto das funcionárias nunca reclamou.

Ava deu de ombros, e afundou no sofá entre as almofadas cor-de-rosa.

— Claro que não. São todas loucamente apaixonadas por ele.

John riu e se sentou ao lado dela.

— Certamente você está exagerando. O amor teve uma parte muito pequena na vida dele.

— É mesmo?

— Sim.

Ava começou a cutucar as rosas no cinto. Ela nunca se sentira mais nervosa na vida. John olhou para elas.

— Você me daria uma de suas rosas, srta. Cleveland? Estou sem flor de lapela.
— Não. Já te falei. Eu não vou te dar. Rosas são apenas para aqueles que me amam.
— É mesmo? Então o amigo que as envia para você te ama?
— Eu... não sei... Pensei que elas viessem de Conklin Randolph, mas agora não tenho certeza sobre quem as envia.
Os olhos de John tinham um estranho brilho. Ava se assustou.
— Você sabe quem é? — perguntou ela de repente.
— É possível que sim.
— É você!
Ava se levantou do sofá e ficou olhando para John sentado ali. Ele pensou que nunca havia visto uma figura tão sedutora. Mas manteve toda a paixão sob controle — ele queria conhecer a alma dela primeiro.
John sorriu, misterioso. Ava disse, um tanto amarga:
— Se é verdade, você pode pegar uma flor para a lapela... E todas as outras. Não quero ter nada seu. — Ela desprendeu os botões e os colocou sobre a mesa. — Você não as envia para me alegrar, apenas para mostrar seu poder e me humilhar mais...
John foi se irritando. Ele se levantou devagar e se aproximou dela, pegando o botão de rosa.
— Prenda-a no meu casaco, por favor. O tom dele era um comando suave.
O espírito rebelde de Ava aflorou, mas então ela se lembrou que o destino de Larry estava nas mãos daquele homem. Ela não devia desafiá-lo. Pegou a rosa e a prendeu na lapela dele, dizendo:
— A César o que é de César.
O tom dela era desafiador, sem nunca olhar para John. A proximidade com ele a afetava tanto que suas mãos tremiam. O momento era tenso.

John não se mexeu até que Ava se afastou dele. Então se inclinou, pegou o restante das rosas e entregou para ela.

— Você terá que aceitar muito mais do que essas rosas de mim, srta. Cleveland. E agora as prenderá de novo, ou deixará que eu as prenda.

Ava se afastou. Queria recusar, mas a quietude e o tom da voz dele a alertaram. Então ela pegou as rosas e as prendeu de qualquer jeito na lateral de seu corpo esguio, onde o drapeado se enrolava em uma cascata de tule macio.

— A cor é perfeita contra sua pele — John disse com admiração genuína.

As palavras dele fizeram o coração dela acelerar. Ava teria que aceitar muito mais do que as rosas. *O quê... o quê?*, ela se perguntava, mas agora, quando John falou de sua pele, ela o olhou...

— Odeio tudo o que tem a ver com pele! Será que existe no mundo um homem que pode apreciar a mente e a inteligência de uma mulher? Não espero isso de você, sr. Gaunt, ou de Clarence, mas, ah! Será que existe no mundo seres que não sejam vulgares...?

John nunca a admirara tanto quanto naquele momento.

— Discutiremos o assunto durante o jantar — afirmou ele, e indicou a mesa com seus pratos cobertos por bandeja e o champanhe no gelo.

Ava atravessou a sala de cabeça erguida e se sentou, John afastando a cadeira para ela como um cortesão servindo a rainha. Os dois gatos os seguiram.

# XXIV

Há momentos na vida em que tudo parece acontecer como em um sonho. Você fala, mas é como se não fosse você mesmo e sim um espírito usando sua voz.

Quando eles começaram a jantar, foi assim que Ava se sentiu. Ela estava feliz e exaltada, desolada e deprimida, a cada momento um novo sentimento, já que a conversa de John Gaunt alterou de interesse pessoal nela para alguma filosofia abstrata que parecia estar meramente a testando dentro de um arquétipo.

— Estávamos discutindo se há ou não seres que não sejam vulgares — John dizia enquanto Chang servia vodca com o caviar. — Tem sido meu ideal encontrá-los, mas, assim como você, não tive sucesso... Até bem pouco tempo atrás, quando encontrei uma mulher que parecia estar tentando desempenhar seu papel e viver de acordo com seus padrões. Ela me interessou bastante.

— Você falou sobre a pele dela e tentou humilhá-la como fez comigo?

O tom de Ava era finamente desdenhoso. Estava tomada pelo medo de que John estivesse falando da mulher que a governanta mencionara, com quem ele se casaria em poucos dias. A irritação desse pensamento voltava a toda hora.

— Você usa roupas bonitas para ficar bonita, não é verdade? Você deve gostar delas. Então, por que não seria interessante falar do corpo como a vestimenta da alma? Você diz que eu tento te humilhar, mas está enganada. Eu estava expressando sincera apreciação pelo trabalho da natureza quando admirei sua pele. Você não fez a si mesma, então o elogio não era para você.

— Você é um sofista incrível, sr. Gaunt. Não discutirei com você, mas gostaria que me contasse como é ser tão rico, poder satisfazer todos os seus desejos e ainda fazer muitas outras pessoas felizes.

— Te torna muito meticuloso, porque, se você foi esperto o suficiente para enriquecer sozinho, sabe que tudo que se ganha sem lutar rapidamente perde valor. Então você se torna difícil de agradar e vive uma vida de rotina sem qualquer gratificação.

Os olhos de Ava vagaram para os belos retratos do século XVIII pendurados nas paredes.

— Você mesmo escolheu esses retratos, sr. Gaunt? — quis saber ela. — Ou pediu a um negociante para enviar vários Gainsboroughs e Reynolds e Romneys, da forma como os ricos fazem?

Ele sorriu. A insolência dela o divertia.

— Eu mesmo os escolhi nas minhas várias viagens para a Europa.

— Você vai à Europa com frequência? — Ava suspirou. Desde que se tornara adulta, sempre quisera ir até lá, pois tinha poucas memórias das duas viagens de quando era um bebê e a mãe ainda estava viva. Não gostou de sentir que, nisso, John estava em vantagem.

— Vou todos os anos. Aprendo muito.

Ava o olhou com outros olhos.

— Você é tão pouco americano. Poderiam achar que é estrangeiro.

— Não. Nasci no Bowery, mas, quando ganhei dinheiro suficiente para comprar livros e me educar, percebi quão desagradáveis minha voz e pronúncia eram e, como falava mal, então decidi me corrigir e aprender o inglês outra vez. Um velho professor de Oxford costumava me ensinar à tarde. Ele fora expulso do magistério por beber, e vagava por aí. Eu o encontrei em um bar uma noite, bêbado e faminto. Ele se tornou muito importante para mim. Faz apenas cinco anos que faleceu, seu nome era Timothy Fagen.

Ava estava muito interessada. O rosto dela mostrava. John prosseguiu.

— Decidi me ater a um ideal, que era perfeitamente diferente dos homens ao meu redor. Eu nunca quis ser como qualquer dos empresários que conheci.

De repente, César sibilou para Pompeia. Esta balançou seu rabo indiferentemente e chamou atenção para sua presença ao arranhar a cadeira de Ava.

— Que criaturas maravilhosas eles são! — exclamou ela.

— É tão estranho que você goste tanto de gatos, sr. Gaunt.

— A reação deles é bem parecida com as de mulheres. De mulheres espertas.

— Como?

— Eles são incontroláveis. Só fazem o que querem. São tímidos e corajosos, egoístas e indiferentes, autocentrados, amáveis, graciosos, misteriosos, vingativos, apaixonados e voluptuosos. Sempre sensíveis, sensuais às vezes e infinitamente fascinantes.

— Então é isso o que você acha das mulheres?

Chang encheu as taças com um Lancin de 1911. Agora, John olhava para Ava preguiçosamente, seus estranhos olhos verdes quase pretos de tão dilatadas que estavam as pupilas.

— Essas são as verdadeiras reações de mulheres. A civilidade adicionou o controle, e a religião e o sentimento adicionaram sacrifício. Mas, deixadas em paz, elas são como esses dois.

Ele apontou para Pompeia e César que, ao perceber que eram o assunto da conversa, resolveram se aproveitar, e ambos avançaram para a cadeira vazia de onde podiam observar a mesa.

— Eles têm outras características que você não percebeu — afirmou Ava, e olhou para ele com seus olhos azuis bem abertos.

— Me conte então.

— Eles não se esquecem das feridas... ou dos favores.

John riu suavemente, uma onda sonora e harmoniosa de tons graves.

— Falei disso quando mencionei que são vingativos. A memória dos favores só serve como um lembrete de que podem ganhar mais de onde já ganharam algo alguma vez antes.

Ava estreitou os olhos, mas o encarou ao dizer:

— Não me surpreende que essa seja a sua ideia de nós enquanto gênero, mas não há exceções?

John se reclinou, o olhar absorvendo a atraente imagem da convidada.

— Sim, há aquela que aparece uma vez a cada cem anos... aquela que posso amar!

Ava apoiou os cotovelos na mesa daquela maneira que a avó teria desaprovado. Então, ela descansou seu hipnotizante rosto em uma das mãos cor de marfim e tornou a olhar nos olhos de John.

— E o que é o amor? — perguntou com um suspiro. Era isso o que ela experimentava agora? Amor?

— É uma paixão poderosa — a voz dele era grave. — Significa desistir de tudo o que pensava sobre si mesmo para se tornar um só com a pessoa amada.

— O que você sabe sobre o amor, sr. Gaunt? Você, do mundo dos negócios, que pensa que as mulheres são gatos?

Ela riu um riso aflito.

— Talvez eu acabe te contando. Enquanto isso, quero saber o que você tem feito com sua vidinha desde que decidiu jogar o ás de espadas em vez da rainha de copas.

O que ele acabaria contando a ela? Ava queria saber. No entanto...

— Como joguei o ás de espadas? — perguntou ela.

— Você deixou seu emprego.

— Você me obrigou!

— E seu irmão a obrigou a voltar?

Ava se ergueu.

— Não estou trabalhando para você!

— Não? Então o que está fazendo aqui?

A realidade nua e crua da resposta acabou com a autoconfiança dela. Era claro que estava trabalhando para ele. Não estava comendo aquele pato perfeito, bebericando Chambertin porque estava ali para prestar um serviço por um preço? O preço da liberdade de Larry!

Então a parte moderna, horrorosa e realística apareceu, e aquela terceira voz, que nela correspondia à intuição de John, disse:

"Hipócrita... você veio aqui porque ama este homem e quer que ele te segure nos braços, e está apenas preservando sua dignidade ao chamar isso de sacrifício por seu irmão. Você não teria vindo se fosse Carlton Hanway!"

John olhou para o rosto dela.

— Sim, provavelmente é verdade — disse ele, adivinhando seus pensamentos.

Ava se assustou por um momento. Em seguida, tremeu um pouco. Estava tomada de emoção e também irritada. John tinha mesmo lido sua mente?

— O que sua futura esposa vai pensar de você me convidando para jantar assim? — Ava franziu os lábios, sarcástica.

— Para ser minha esposa, ela será treinada a não questionar nada do que faço. Quando nos casarmos, ela vai saber que sou eu quem mando.

Ava riu, mas seu coração doeu de ciúmes. Mesmo que fosse atraente o suficiente para que John a quisesse ali naquela noite, ou na seguinte, ou em outra noite, outra mulher receberia dele... *honra*. A reação de ciúmes foi tão forte que, apesar de todo seu treinamento e do peso de gerações, houve uma tensão dos músculos e as narinas dela inflaram. A situação era impossível... impossível! O que ela deveria fazer?

John a observou como por vezes observara Pompeia e César. Ele tinha tanta certeza de que ganharia o jogo que aproveitava todas as etapas.

— Que mulher infeliz ela será, sua esposa!

— Você acha? Está enganada. Por acaso Pompeia e César parecem querer sair e comprar uma máquina de escrever para se sustentarem?

— Mas eles são gatos!

— Concordamos que gatos e mulheres são parecidos... exceto aquelas que podem... amar.

— Esposas não precisam de amor.

— Minha esposa vai amar.

O coração de Ava tornou a doer.

— Quando você vai se casar?

Ele deu de ombros.

— Deixarei que minha noiva escolha a data. Dentro dos próximos dias, provavelmente.

A dor no coração de Ava era pura agonia, e a tornou insolente.

— Ela é... do seu mundo... ou do meu?

John se recostou e tornou a rir.

— Como se isso importasse! Quando se ama, o que são mundos... ou desertos... ou casas? A única coisa que importa seremos nós dois sob as estrelas.

Ava sabia que isso era verdade e sentiu uma pontada de dor. Que importaria estar numa cabana na sarjeta se pudesse estar com... John Gaunt.

Ela ficou em silêncio por um momento, e o anfitrião conduziu a conversa para assuntos mais triviais. Ele não brincaria mais com as emoções dela enquanto Chang entrasse e saísse da sala.

\*

Eles agora estavam sentados sozinhos diante da lareira na sala de estar. O café e os licores chegaram, e os dois fingiam beber.

O orgulho de Ava retornara e ela defendera brilhantemente. Uma dúvida crescia no coração de John.

E se Ava fosse mais esperta do que ele imaginava e estivesse também brincando com ele? E se ela fugisse por pensar que ele se casaria com outra?

Afinal, ele não sabia quais reações ela poderia ter, devido à sua criação. Ava, esbelta, com o xale rosa-carmim espanhol enrolado voluptuosamente em seus ombros, parecia levar vantagem.

John daria sua última cartada.

— Srta. Cleveland, você veio aqui pagar um preço pela liberdade e pelo perdão de seu irmão, certo?

— Sim.

— E se eu os desse a você sem pedir nada em troca?

Eles trocaram um olhar. O dele hipnotizava Ava, mas não o suficiente para tirar as palavras "outra mulher" de sua mente, a outra mulher que o teria no dia seguinte. Foi tomada por um sentimento que a fez se levantar, dizer algo que em um humor mais normal decidiria ser muito melodramático.

— Minha classe não aceita favores da sua, sr. Gaunt.

— Então você prefere pagar? — A voz dele estava poderosamente emocionada e áspera.

Todo o passado, presente e futuro pareciam confusos para Ava, ela só sabia que o único homem em sua vida que tinha cada pedacinho de seu coração, que emocionava cada átomo de seu corpo, que provocava todo arrepio apaixonado em seus sentidos, estava ali perto dela, e não importava qual mulher pudesse tê-lo depois, ela o teria naquela noite! Aquele era seu triunfo.

Ava estava em silêncio, a emoção forte demais para que falasse.

Ele reiterou roucamente:

— Então você prefere pagar?

Ava apenas olhou para John, mas seus olhos azuis brilhavam com um estranho fogo e concordância orgulhosa, e John soube que ela queria dizer "sim".

Ele colocou os braços ao redor dela e a segurou até que a morte os separasse — entregando-se a ela, sem reservas, sem barganhas, sem votos.

Tinha apenas reverência pela mulher em seus braços.

Lá estava o amor verdadeiro!

— Querida, sagrada! — John sussurrou baixinho. — Abra a caixa.

Ava, apenas semiconsciente das coisas terrenas, o obedeceu mecanicamente.

Primeiro, pegou o recibo da conta da Claribel. Em seguida, o relicário que antes guardava a foto da mãe, e por fim o glorioso colar das pérolas virgens.

John Gaunt, enquanto Ava se reclinava contra ele, as pegou e prendeu ao redor do pescoço dela, enquanto olhavam um para o outro no velho espelho de prata.

— Estas — disse ele enquanto prendia o fecho de diamantes — são para a mulher com quem *sempre* quis me casar.

Então, quando John viu que toda a alma do amor o olhava através dos olhos suaves de Ava, a liberou de seus braços de aço e, ajoelhando-se, beijou-lhe as mãos de marfim.

Este livro foi publicado em março de 2022 pela Editora Nacional.
Impressão pela Gráfica Impress.